Phyllis Theroux

Das wundersame Schneefeuer

Phyllis Theroux

Das wundersame Schneefeuer

Eine Weihnachtsgeschichte

Aus dem Amerikanischen
von Sophie Zeitz

Mit farbigen Bildern
von Gerhard Glück

Sanssouci

Die Originalausgabe erschien erstmals
in den USA unter dem Titel
Giovanni's Light
The Story of a Town Where Time Stopped for Christmas

5 4 3 2 1 07 06 05 04 03

ISBN 3-7254-1287-1

Umschlagmotiv: Gerhard Glück
Lithos: KAOS, Leutkirch
Satz: Satz für Satz. Barbara Reischmann, Leutkirch
Druck und Bindung: Kösel, Kempten
Printed in Germany

Für Ashland. In Liebe

I Ryland Falls war ein Städtchen von dreitausendfünfhundert Einwohnern, das irgendwie verzaubert wirkte. Die ruhigen, von Bäumen beschatteten Straßen, die altmodischen schindelgedeckten Häuser mit ihren rundumlaufenden Veranden, die Wiesen, auf denen an Sommerabenden Glühwürmchen tanzten, all das brachte Durchreisende dazu, tief zu seufzen und sich all die schönen Dinge vorzustellen, die ihnen nie passiert waren. Hier gab es verwilderte Grundstücke voller Butterblumen und Schleierkraut, einen Bach mit Fröschen und großen, flachen Steinen, auf denen man sitzen konnte. Die Kinder fuhren mit dem Fahrrad zur Hauptstraße, um sich ein Eis zu holen. Jeder kannte jeden beim Namen.

Die Städter fanden Ryland Falls provinziell, und es stimmte, dass hier im Laufe eines Jahres nicht sehr viel geschah. Doch im Frühling verstreuten die Birnbäume weiße Blütenblätter entlang der Hauptstraße und die Luft duftete nach frisch gemähtem Gras. Im Sommer bildeten die Weiden einen zarten grünen Vorhang um den See. Und wenn es kühler wurde, zündeten die Ahornbäume auf dem Friedhofshügel ein Feuerwerk der Farben und strahlten durch lange blaue Herbsttage hindurch, bevor sie ihr Laub wie eine bunte Tischdecke über den Gräbern abwarfen.

Im Hintergrund erhob sich ein Berg. Der Mount Rag war genauso wild und unwegsam, wie Ryland Falls geordnet und übersichtlich war. Die Leute aus dem Ort verbrachten nicht viel Zeit dort oben, außer vielleicht auf der Straße, die über seine Kuppe führte. Doch der Berg gab dem Städtchen eine malerische Kulisse und schützte es vor dem Lärm und dem Durcheinander der großen Stadt auf der anderen Seite.

Ryland Falls hatte auch seinen Teil an traurigen Menschen, an einsamen Menschen und an ungeduldigen Menschen, so wie Miranda Bridgeman, die fand, es sei der langweiligste Ort der

Welt, und es kaum abwarten konnte, bis sie alt genug war, um fortzugehen. Jeder hatte sein eigenes Päckchen zu tragen, mancher schwerer als andere, und kein Berg war groß genug, die Bewohner von den Anforderungen der Zeit abzuschirmen.

Die Anforderungen wuchsen allmählich, über viele Jahre, so dass niemandem auffiel, wie viel schneller das Tempo des Lebens geworden war. Auch wenn das Städtchen verschlafen wirkte, war es voller Menschen, die morgens immer früher aufstehen mussten, um mit ihrem eigenen Leben Schritt zu halten.

Um 6 Uhr 15 war bereits die Hälfte aller Zeitungen von draußen hereingeholt. Um 6 Uhr 45 trank Reverend Williams seine zweite Tasse Kaffee und ging den Kalender durch, der für gewöhnlich drei Krankenhausbesuche und eine Besprechung vor dem Mittagessen für ihn vorsah. Und um 7 Uhr 15 rumpelte der Schulbus die Hauptstraße hinunter, voller Kinder, die sich auf dem Weg zur Schule gerade noch die Toastkrümel von den Lippen wischten.

Genau wie jeder andere Ort der Erde war

Ryland Falls voll von geschäftigen Leuten, die zu viel zu tun hatten. Aber das war eben der Preis des modernen Lebens und keiner beschwerte sich darüber. Außerdem ließ sich, wenn man in Ryland Falls lebte, das schnelle Tempo viel leichter ignorieren. Die Bibliothekarin verlängerte die überfälligen Bücher automatisch, der Postbeamte klebte eine Briefmarke aus eigener Tasche dazu, wenn auf einem Brief das Porto nicht ausreichte, und wenn jemand das Licht am Auto angelassen hatte, klopfte bald irgendwer an die Haustür, um Bescheid zu sagen.

Ryland Falls war nicht das Paradies, aber jeder Neuankömmling merkte schnell, dass sich die meisten Menschen hier besondere Mühe gaben, nett zu sein. Und dann war da in der Stadt dieses besondere goldene Licht – wie die Sonnenstrahlen in die Schaufenster fielen, ihren Weg in kleine Gässchen fanden und ein Beet mit Taglilien aufleuchten ließen, die ihre Hälse wie Trompeten in die Sonne reckten –, und die Besucher hielten den Atem an und riefen: »Lieber Himmel! Ich dachte, solche Orte gibt es nur in Bilderbüchern!«

Und genau wie in einem Buch änderte sich die Reihenfolge der Geschichten nie. Am 1. Dezember ließ die Handelskammer wie in jedem Jahr an allen Laternenpfählen die Transparente mit den Weihnachtsgrüßen aufhängen. Der aufblasbare Plastik-Nikolaus kam wieder auf das Dach der Feuerwache und an der Kasse von Elwoods Laden setzte die grantige Diane wie immer ihre Rentierkappe auf.

»Frohe Feiertage«, wünschte sie muffig, wenn sie einem Kunden das Wechselgeld zurückgab. »Mein Bruder ist letzten Monat gestorben.«

»Oh, mein herzliches Beileid.«

»Danke, und im Monat vorher ist meine Tante gestorben.«

»Liebe Güte, das ist ja schrecklich. Hoffentlich geht es bald wieder aufwärts.«

»Schön wär's, aber ich konnte die halbe Nacht nicht schlafen, weil ich solchen Husten habe.«

Die grantige Diane hatte immer ein paar niederschmetternde Bemerkungen auf Lager, aber die meisten Leute ließen sich davon nicht herunterziehen. Sie wussten, was sie zu erwarten hatten, und genau das war einer der Gründe, warum Ryland Falls ein so angenehmer Ort zum Leben war. Man wusste immer, was man zu erwarten hatte. Sogar an Weihnachten.

Einen Tag nach dem Thanksgiving-Fest Ende November wurde immer der Lebkuchenhauswettbewerb ausgerufen. Danach begann der Kartenvorverkauf für die weihnachtliche Häuserführung und den Adventstee. Dann kam das jährliche Messias-Singen der Gemeinde. Am Weihnachtsabend versammelten sich die Menschen vor der Allerheiligenkirche, und die Kinder, die für das Krippenspiel ausgewählt worden waren, froren in einem Sperrholzstall für die himmlische Sache. Und in der Heiligen Nacht stieg fast die gesamte Einwohnerschaft – bis auf eine traurige, empörende Ausnahme – mit den Kindern auf den Friedhofshügel zum Schlittenfahren.

Fast alles, was in Ryland Falls geschah, war eine Wiederholung dessen, was im letzten Jahr geschehen war und vor hundert Jahren. Das war ein Teil seines Charmes.

Doch an diesem bestimmten Weihnachten gab es Anzeichen dafür, dass die gewöhnliche

Ordnung der Dinge gestört werden würde. Es waren keine großen Anzeichen, zumindest am Anfang nicht. Doch selbst wenn sie größer gewesen wären, die meisten Bürger von Ryland Falls waren viel zu sehr mit ihrem eigenen Leben beschäftigt, als dass sie ihnen aufgefallen wären.

II

Am Morgen des 1. Dezember lag Ryland Falls an den Fuß des Mount Rag geschmiegt da wie eine Spielzeugstadt. Ein gläserner Frostmantel bedeckte die Straßen und die Gärten. Die Fische schwebten bewegungslos unter der Eisschicht auf dem See. Die Bäume, die im Sommer dichtes Laub trugen, streckten ihre kahlen Arme in die Luft und froren am Winterhimmel fest. Nichts bewegte sich, selbst die Bewohner nicht, die noch unter ihren Federbetten und Steppdecken lagen und träumten – alle außer Neddie Crimmins.

In einem großen, mit Spielzeug voll gestopften Zimmer im dritten Stock des größten Hauses in Ryland Falls lag der achtjährige Neddie hellwach in seinem Bett und starrte an die Decke. Er versuchte sich vorzustellen, was sein Vater für ein Gesicht machen würde, aber es gelang ihm nicht recht. Überraschung? Erstaunen? Neddie zwinkerte und starrte weiter an die Decke.

Neddies Vater, Edward Benchley Crimmins, hatte sein Vermögen mit Uhren gemacht – mit allen Arten von Uhren. Und der Crimmins-Uhrturm am Ende der Hauptstraße war das höchste und eindrucksvollste Bauwerk der Stadt. Zu jeder vollen Stunde erinnerte er die Bürger mit feierlichen, tiefen Schlägen an zwei Dinge – dass Zeit eine ernste Sache war und dass Edward Crimmins das Beste daraus gemacht hatte.

Edward Crimmins war selten zu Hause. Ihm gehörten Fabriken rund um die Welt, und so verbrachte er die meiste Zeit damit, in seinem Privatjet zwischen ihnen hin und her zu reisen. Doch heute war eine Ausnahme. Nicht nur, dass er zu Hause war, sondern durch einen Glücksfall, der sich in Neddies Leben für gewöhnlich selten ereignete, würde er den Weihnachtsbasar an Neddies Schule besuchen. Und Neddie hatte eine Überraschung für ihn. Eines seiner Bilder – das Bild von einem Sessel, der fliegen konnte – hatte nämlich den ersten Preis der Schule gewonnen.

Neddie war ein Träumer, er stellte sich gern Dinge vor, die er noch nie gesehen hatte: Schlitten mit Propellerantrieb, Flügel zum Anschnallen und fliegende Teppiche, die ihn in einem Atemzug um die ganze Welt tragen konnten, pfeilschnell wie das Flugzeug seines Vaters. Neddies Träumereien waren etwas, das Edward Crimmins beunruhigte, er glaubte darin einen Mangel an Zielstrebigkeit zu erkennen, der es Neddie einmal schwer machen würde, im späteren Leben zurechtzukommen.

»Er sollte mehr Interessen haben«, sagte er zu Neddies Mutter, »vielleicht ein paar Hobbys. Wie wäre es mit Fußball?«

Olivia Crimmins seufzte. »Er hasst Fußball.«

»Na ja, dann halt irgendwas anderes! Vielleicht kann er im nächsten Sommer einen Computerkurs machen. Oder mit den Pfadfindern wegfahren.«

Edward Crimmins wollte, dass Neddie ein normaler Junge war, und er fand nicht, dass es normal war, wenn Neddie sich über sein Zeichenbrett krümmte und Zauberteppiche malte.

Am Abend, als er den Kopf in Neddies Zimmer gesteckt hatte, um Gute Nacht zu sagen, hatte er ihn im Schneidersitz auf seinem Bett gefunden mit einem Block Papier über den Knien.

»Darf ich mal sehen?«, fragte er.

Neddie überreichte ihm das halb fertige Bild eines Drachen.

»Soweit ich mich mit Drachen auskenne, ist es wirklich gut geworden. Ist es für die Schule?«

»Nein«, sagte Neddie. »Ich übe nur. Mr. Campbell sagt, Künstler müssen immer üben.«

Edward Crimmins gab ihm die Zeichnung zurück. »Neddie, in einer perfekten Welt würde ich dir raten weiterzumachen. Aber ich muss dir leider sagen, dass man als Künstler keine realistischen Zukunftschancen hat, außer wenn man jemanden hat, der einem die Rechnungen bezahlt.«

Neddie machte ein unglückliches Gesicht.

Edward Crimmins liebte seinen Sohn, er wollte ihm nicht wehtun, und so versuchte er, die Wahrheit ein wenig abzumildern. Er legte Neddie die Hand auf die Schulter und fuhr mit sanfterer Stimme fort.

»Ich habe gar nichts gegen Kunst, Neddie.

Wir brauchen unsere van Goghs und Michelangelos, keine Frage. Und du hast wirklich Talent, das ist mal ganz klar. Aber irgendwann bist du ein erwachsener Mann, mit all der Verantwortung, die mit dem Alter dazukommt, und jetzt ist die einzige Zeit, die du hast, dich für den Rest deines Lebens vorzubereiten.«

Edward Crimmins sah sich im Zimmer seines Sohnes um. Die Regalfächer waren voll von Büchern, Spielzeug und Brettspielen. Eine Sammlung selbst gemachter Seidendrachen hing von der Decke. An den Wänden hingen Zirkusposter. Und überall – auf der Fensterbank, in einem Haufen auf dem Sessel und bei ihm im Bett – tummelte sich die Lumpenarmee von Neddies Stofftieren. Das Zimmer war die Zufluchtsstätte eines Kindes, das mehr in seiner Fantasie als in der wirklichen Welt lebte, und Edward Crimmins wusste nicht, wie er die Kluft überbrücken konnte. Er beschloss eine andere Taktik anzuwenden.

»Du kannst dein Talent auch auf andere Art nutzen, Neddie, und dabei in die Richtung gehen, die du anpeilst. Du kannst Computer benutzen, um zu zeichnen, genau wie mit dem Stift, nur besser. Computer sind das Größte, heutzutage, und damit solltest du deine Zeit verbringen – um Zeit zu *sparen.*«

Neddies Vater sprach immer davon, Zeit zu sparen, als wäre Zeit wie eine Rolle Schnur, und je mehr man davon hatte, desto mehr Dinge konnte man daran festbinden.

»Und dann, weißt du«, fuhr er fort, »im Internet kannst du alles Mögliche herausfinden …«

»Ich weiß, Papa«, unterbrach Neddie.

»… zum Beispiel über Tintenkulis, und – zack! – hast du fünfhundert Seiten auf dem Bildschirm, wo du sie bestellen kannst. Einfach so!«

Neddie starrte auf den Tintenkuli in seiner Hand. »Aber ich habe doch schon welche«, sagte er leise.

Edward Crimmins seufzte, seine Geduld war fast am Ende. »Du verstehst nicht, was ich meine, Sohn. Es geht nicht um Stifte, es geht darum, dass Computer Kindern helfen, die Nase vorn zu haben … damit du irgendwann, in der Zukunft, einen Job bekommst wie ich, Neddie, mein Junge.«

NATIONAL
CIRCUS

Darauf liefen die Gespräche zwischen Neddie und seinem Vater jedes Mal hinaus – auf Neddies Zukunft, als wäre sie das Einzige, was zählte. Neddie konnte nicht weiter in die Zukunft denken als bis heute Nachmittag, bis zum Weihnachtsbasar. Er richtete den Blick wieder auf die Decke und stellte sich vor, wie sein Vater vor seiner Zeichnung stand.

»Was ist das!«, würde Edward Crimmins rufen, wenn er das Abzeichen mit der blauen Schleife sehen würde. Er würde sich die Brille auf der Nase hochschieben, wie er es immer tat, wenn er aufgeregt war, und sagen: »Neddie, mein Junge, wie lange läuft das schon – unter meinem eigenen Dach?« Nein, zuerst würde er Neddies Mutter ins Ohr flüstern: »Ich bin platt, Olivia. Ich bin platt.« Das war sein Lieblingsausdruck.

Dann, und das war die Stelle, die Neddies Brust mit Schmetterlingen füllte, würde er Neddie den Arm um die Schultern legen, ihn an sich ziehen und mit lauter, stolzer Stimme für jeden hörbar verkünden: »Sagen Sie mir, Mr. Campbell, wie ist es möglich, dass ein Junge, der erst acht Jahre alt ist, ein derart hoch entwickeltes Werk vollbringt?«

Edward Benchley Crimmins hatte keine Zeit für Kunst. Doch heute war der Tag, an dem Neddie Crimmins ihn eines Besseren belehren würde.

Neddies Gedanken schweiften ab, die breite, polierte Treppe hinunter in das Schlafzimmer seiner Eltern, die noch schliefen. Wenn sein Vater zu Hause war, war es, als hätte man das letzte Teil eines Puzzlespiels gefunden. Sobald man das letzte Stück in die Mitte des Bildes drückte, fügten sich auf einmal alle anderen Teile nahtlos aneinander.

In der Hauptstraße schlug die Turmuhr die volle Stunde. Neddie zählte die Glockenschläge. Es war erst 5 Uhr früh. Er setzte sich im Bett auf und sah aus dem Fenster. Draußen hatte alles die Farbe des Mondes, alles außer dem Mount Rag, dessen Hänge sich dunkel vor dem Himmel türmten. Plötzlich flackerte dort ein stecknadelkopfgroßes Licht auf, etwa auf halber Höhe des Berges. Da gab es noch jemanden, der wach war.

III Giovanni wachte auf und rieb sich den Bart, was er immer tat, wenn er versuchte, sich an etwas zu erinnern. Er schob Max ans Fußende hinunter wie eine schwere Decke, zog sich schnell an und ging in die Küche. Es war noch dunkel draußen, aber durchs Fenster konnte er sehen, dass der Boden noch frei war. Seltsam, dachte er. Bis zum 1. Dezember lag auf dem Berg sonst immer Schnee. Aber in diesem Jahr war zwar der Bach schon zugefroren und der Wald voller Eiskristalle, aber geschneit hatte es immer noch nicht.

Er zündete eine Laterne an und stellte sie auf das Fensterbrett neben sein Transistorradio. Das Radio musste er nachher mitnehmen. Der Wecker ging an. »Guten Morgen«, trällerte der Sprecher, »es ist fünf Uhr früh, und vor uns liegt wieder ein eiskalter Tag. Die Temperatur …«

Giovanni stellte das Radio ab. Was er über die

Temperatur wissen musste, konnte er an seinem eigenen Atem ablesen.

Er warf einen Scheit Holz in den Ofen, um das Zimmer aufzuwärmen, und fing an, auf dem Tisch eine leere Kiste mit Vorräten vollzupacken. Max drückte den Kopf an sein Knie und Giovanni sah zu ihm hinunter und lächelte.

»Du willst mich wohl daran erinnern, was für dich mit reinzupacken, was?«

Er griff unter den Tisch und holte eine fast leere Tüte Hundekuchen hervor, die er in die Kiste warf. Im Kopf setzte er Hundefutter auf die Liste von Dingen, die er in der Stadt besorgen musste.

Giovanni war das letzte Mitglied einer Bergfamilie, die seit Menschengedenken auf dem Mount Rag lebte. Es waren Schmiede, Dachdecker, Tagelöhner und Fensterputzer – Leute, die früh von der Schule abgingen und Ryland Falls nur noch besuchten, um ihren Lebensunterhalt zu verdienen; vor Sonnenuntergang kehrten sie immer auf den Berg zurück. Giovannis Hütte stand auf einem Stück Land, das von Generation zu Generation weitergegeben worden war, bis am Ende keiner mehr übrig blieb, es zu erben. Einer nach dem anderen war gestorben oder, vom Schein der Zivilisation verlockt, fortgegangen.

Das Leben auf dem Berg war hart, aber frei. Es gab keine Elektrizität, kein fließendes Wasser und weder einen Herd noch eine Kochstelle, außer dem Holzofen. Doch hinter dem Haus war ein Brunnen und ein Gemüsegarten, wo Giovanni erntete, was er fürs Überleben brauchte. Und wenn ihm etwas fehlte, das er nicht selbst herstellen konnte, machte er einen Besuch auf der Müllhalde von Ryland Falls. Er war immer wieder überrascht, was die Leute so wegwarfen.

Einmal hatte er eine alte Haustür und einen Frisörsessel gefunden, die er zu einem Tisch umgebaut hatte, den er mit einem Pedal hoch- und runterpumpen konnte. Das bauchige Fenster über dem Waschbecken war einmal eine Windschutzscheibe gewesen. Die meisten Werkzeuge in der behelfsmäßigen Schmiede hinter der Hütte hatte er aus Wagenteilen gefertigt, Qualitätsstahl von der Rückrufaktion eines

Autohändlers. Aber das Beste, das Wertvollste, das er je auf der Müllhalde gefunden hatte, war Max.

Max war kaum vier Wochen alt gewesen, als er über einen Haufen Abfall wackelig auf Giovanni zulief – ein zitternder, erbarmenswürdiger Welpe mit hervorstehenden Rippen und traurigen Lakritzaugen. Unter Menschen war Giovanni schüchtern. Aber es gab keinen Fuchs, Hirsch oder Hasen innerhalb einer Meile um seine Hütte, mit dem er nicht sprach wie mit einem alten Freund. Als er Max auf der Müllhalde sah, wusste er genau, was er zu tun hatte. Er stand still und wartete.

Als Max bei Giovanni ankam, war er zu müde, um irgendetwas zu tun, außer sich an seine Beine zu lehnen, so erschöpft war er. Giovanni kniete sich hin, streichelte ihm den Kopf und sah sich sein raues dreifarbiges Fell an. Wahrscheinlich war er ein Schäferhund-Retriever-Mischling.

»Hey, kleiner Kerl«, flüsterte er. »Wo ist dein Halsband? Wie bist du hierher gekommen?« Doch Giovanni kannte die Antwort bereits.

Irgendwer hatte Max auf der Müllhalde ausgesetzt, achtlos wie einen alten Koffer.

Giovanni war seit langer Zeit alleine. Obwohl Lucia schon vor zwanzig Jahren gestorben war, sah er sie immer noch vor sich, wie sie auf den Stufen zur Veranda saß, den kleinen Carlo auf ihrem Schoß, während sie Erbsen für das Abendessen putzte. Es war zehn Jahre her, dass Carlo zur Armee gegangen war, und sieben Jahre, dass ein blasser junger Offizier in Carlos Alter die gleichen Verandastufen hinaufgestiegen war und an die Tür geklopft hatte, um Giovanni zu sagen, dass sein Sohn tot war.

Inzwischen war Giovanni zu alt und zu schweigsam geworden, um noch irgendjemandes Ehemann sein zu wollen. Und die Wut und die Trauer, die er bei Carlos Tod empfunden hatte – so sinnlos, dass er jahrelang nicht daran denken konnte, ohne dass ihm messerscharfe Schmerzen das Herz durchbohrten –, waren schließlich zu Resignation geworden und die Resignation zu Ruhe. Der Kummer hatte Giovannis Seele ausgehöhlt wie einen Kürbis, und die Leere in seinem Innern war nicht unangenehm. Aber dann lehnte Max sich gegen Giovannis Bein, als wäre es der letzte Zufluchtsort auf der Welt, und da hatte Giovanni einen neuen Anstoß erhalten.

Na ja, dachte Giovanni, vielleicht soll es so sein. Er nahm den Welpen sanft in eine Hand, knöpfte mit der anderen seine Jacke auf und setzte Max hinein. Max zitterte und dann lag er ruhig an Giovannis Brust. »Alles ist gut«, sagte Giovanni und streichelte Max durch die Jacke wie ein Baby in einer Decke, »jetzt bist du zu Hause.«

Seit diesem Tag war Max Giovannis ständiger Begleiter und rannte ihm voraus, wenn er Holz sammelte, Beeren pflückte und Bäume pflanzte. Giovanni wusste besser als irgendjemand sonst, wie man von der Natur leben konnte. Nur für einige wenige Dinge wie Kaffee, Kerosin und den gelegentlichen Hundekuchen für Max brauchte er Geld. Und dafür hatte Giovanni seine Weihnachtsbäume.

Die Weihnachtsbaumschule entsprach Giovannis einsamem, sorgfältigem Wesen. Der Rasen unter den Bäumen musste immer kurz gehalten werden, damit keine Krankheiten auftreten konnten. Im Frühling und im Herbst beschnitt er die Zweige, damit die Bäume so anmutig heranwuchsen, wie sie die Leute in Ryland Falls haben wollten. Dann, wenn der Winter kam, lief er zwischen den duftenden Reihen der Waldkiefern, Blautannen und Douglastannen entlang und markierte die Bäume, die alt genug waren, um gefällt zu werden, mit Schleifen.

Die ganze letzte Woche hatte Giovanni bis spät in die Nacht gearbeitet, Bäume gefällt, zusammengezurrt und auf seinen Pritschenwagen geladen. Der Rücken tat ihm weh und etwas in ihm protestierte gegen die Reise, die vor ihm lag, doch es war Zeit zum Aufbruch. Mit der Vorratskiste trat er auf die Veranda und holte tief Luft, als wollte er den Berg aufsaugen und in der Lunge mit sich nehmen. Er schloss die Tür ab und rief nach Max: »Komm, Junge, wir sind so weit.«

In Wirklichkeit war Giovanni nie so weit, den Berg zu verlassen. Hier oben gefiel ihm alles – wie die Vögel am frühen Morgen sein Dach mit einem Kranz aus Gesang schmückten, wie das Schmelzwasser im Frühling gluckernd über die Felsen sprang, wie der Wind im Sturm die Baumwipfel nach unten bog. Das Gesicht des Mount Rag veränderte täglich seinen Ausdruck, und Giovanni gefiel es gar nicht, auch nur einen davon zu verpassen. Aber die drei Wochen, die er in Ryland Falls kampierte, ermöglichten es ihm nun einmal, den Rest des Jahres auf dem Berg zu leben.

Auf dem Weg zum Pritschenwagen ging er im Geist noch einmal die Liste der Dinge durch, die er mitnehmen musste: das Armeezelt, den tragbaren Holzofen, Feuerholz, Feldbett, Decken. Alles da. Radio. Ja. Dann fiel ihm ein, dass er etwas vergessen hatte. Er schloss noch einmal die Hütte auf, lief hinüber zu seinem Bett und nahm ein großes, zerfleddertes Buch vom Nachttisch. Ohne das Buch ging er niemals fort. Dann stieg er wieder in seinen Pritschenwagen, legte den Gang ein und fuhr den Berg hinunter.

Als Giovanni in Ryland Falls ankam, schlug der Crimmins-Uhrturm gerade sechs. Er fuhr am Gasthaus vorbei, an der Polizeiwache, an der

FORD

Bücherei und der Geschäftszeile – dem Eiscafé Tutti Frutti, dem Supersport-Fitnessstudio, dem Frisörsalon Wunderschere, der Stadtsparkasse. Jedes Mal war es ein Schock für ihn, wenn er in die Zivilisation zurückkehrte.

Auf dem Berg waren Giovannis Tage von Wärme und Kälte, Licht und Dunkelheit bestimmt. Im Tal wurden diese Dinge künstlich geregelt, und die Maßstäbe hier hießen voll und leer, schnell und langsam. Giovanni hielt das Lenkrad fest und blickte starr geradeaus. Am Ende der Hauptstraße war Elwoods Laden. Daneben war ein leeres Grundstück, auf dem Giovanni jedes Jahr seine Bäume verkaufte.

Er hielt den Wagen an. Max sprang vom Pritschenwagen, machte einen kurzen Kontrollgang über das Grundstück, dann lief er Giovanni hinterher, der mit der Geschicklichkeit des Waldbewohners sein Lager errichtete. Zuerst richtete er das Armeezelt auf. Dann baute er den Holzofen zusammen und steckte das Ofenrohr durch eine Klappe in der Mitte des Zeltdachs. Anschließend machte er ein Feuer an, klappte das Feldbett auf und räumte die Vorräte entlang der

Zeltwand ein. Draußen fror es, aber im Innern des Zelts war es bald so warm und gemütlich wie in der Berghütte.

Dann lud Giovanni die Bäume vom Wagen. Ihre Äste raschelten wie Seide, als er sie von der Pritsche herunterzog. Keiner konnte sich Bäume wünschen, die frischer und schöner geformt waren als seine, und während er sie nach Größe und Gattung in ordentlichen Reihen auf dem Grundstück aufstellte, hellte sich seine Laune auf. Der Duft nach Kiefernharz vermischt mit dem Rauch des Holzfeuers gab ihm das Gefühl, als wäre er daheim auf dem Berg.

Um halb acht war alles fertig. Er zog sich einen Stuhl an den Eingang des Zeltes, so dass der Ofen seinen Rücken wärmte, und setzte sich hin, um zu verschnaufen und seinen kleinen Wald zu betrachten. Max legte ihm den Kopf aufs Knie und sah ihn vorwurfsvoll an. Giovanni lächelte.

»Du willst auch wieder nach Hause, was? Na ja, an Weihnachten sind wir wieder daheim … oder vielleicht noch früher.«

Giovanni warf einen Blick zum Himmel und

versuchte auszumachen, ob es nach Schnee aussah. Ein bisschen Schnee auf den Zweigen und seine Bäume verkauften sich noch besser. Aber er hatte keine Sorge. Jeder einzelne Baum war eine Schönheit, und Giovanni wusste, dass er sie alle verkaufen würde.

Zur gleichen Zeit stand in der Wohnung im ersten Stock über Elwoods Laden ein großer junger Mann mit zerwühlten Haaren am Fenster und sah hinab zu dem Mann und dem Hund. Mit blassen, abwägenden Augen sog er die Szene ein: der Waldbewohner in seiner groben Joppe, das Licht, das aus der Ofentür auf die Zeltwand im Innern fiel, die sanfte Linie der Hundeschnauze, die auf dem Knie seines Herrchens ruhte. Will Campbell war Maler. Ganz automatisch nahm er all diese Details auf und setzte sie in einen Rahmen. Aber die Szene inspirierte ihn nicht zum Malen. Er erschauerte. Er hat sich fest vorgenommen bis Weihnachten eine Entscheidung getroffen zu haben, und Giovannis Bäume erinnerten ihn daran, dass es schon fast Weihnachten war.

IV Von dem Tag an, an dem er vor Elwoods Laden aus dem Bus gestiegen war, war Will Campbell etwas Besonderes gewesen. Er trug einen schwarzen Seesack über der Schulter. Unter seinem Arm klemmte ein Skateboard, ebenfalls schwarz, der Rand mit Silberfarbe ausgemalt. Er fischte in seiner Manteltasche nach einem Zettel. Die Schule befand sich am anderen Ende der Hauptstraße. Dann stopfte er die Wegbeschreibung in die Tasche zurück, ließ sein Skateboard auf den Boden schnalzen, stieg auf und fuhr los. Als er so auf seinem Board mitten durch die Stadt rollte, sah er aus wie ein Baum auf Rädern. Die Bewohner von Ryland Falls hielten die Luft an, wenn sie ihn kommen sahen, auch als sie sich schon längst an den Anblick gewöhnt hatten. Die Kinder glaubten, er hätte Saugnäpfe an den Schuhsohlen. Aber Will Campbell hatte etwas viel Besseres: Er hatte Würde.

Will erhob niemals die Stimme, wenn er mit seinen Schülern sprach. Bei den Kleinen kniete er sich hin, damit sie sich nicht den Hals verrenken mussten, um ihn anzusehen. Seine Augen waren scharf und sanft zugleich, und es schien ihn zu erheitern, wenn Kinder ungezogen waren, denn er wusste, dass sie tief im Herzen gar nicht ungezogen sein wollten, sondern sich nur einsam oder missverstanden fühlten oder rausgehen wollten zum Spielen, statt in einem heißen Klassenzimmer herumzusitzen. Will brauchte einfach nur mit dem Finger auf etwas zu zeigen oder in eine bestimmte Richtung zu schauen, und die ganze Klasse folgte seinem Blick wie die Musiker eines Symphonieorchesters.

Will Campbell hatte zu Kindern einen magischen Draht, und manchmal fragte sich der Schuldirektor, wie er es anstellte, ihre Aufmerksamkeit zu gewinnen, anscheinend ohne das geringste bisschen Autorität spielen zu lassen. Wenn er durch das Fenster in Wills Klasse hineinspähte, sah er ihn, wie er gerade das Werk eines Schülers hochhielt oder etwas erklärte, in seinen schwarzen Kleidern wie eine ausgerenkte Vogelscheuche, mit gekreuzten Beinen auf dem Hocker.

Glücklicherweise, dachte der Direktor, hatte Will Campbell nur eine Teilzeitstelle. Zu viele freie Geister an einer Schule könnten die ganze Sache untergraben. Und doch musste der Direktor zugeben, dass die Schule nie einen begabteren Kunstlehrer gehabt hatte. Sogar die Kinder, die bisher Schwierigkeiten hatten, auch nur den Pinsel in der Hand zu halten, malten jetzt wunderschöne Bilder. Schade, dachte der Direktor, dass es das falsche Fach war. Wenn er nur in Mathematik oder in den Naturwissenschaften ebenso begabte Lehrer fände, das würde die Schule wirklich auszeichnen.

*

Will wandte sich vom Fenster ab, pflückte seine Jacke vom Bettpfosten und ging zur Tür. Heute Abend war an der Schule Weihnachtsbasar und er musste besonders früh dort sein, um die Werke seiner Schüler aufzuhängen. Er packte sein Skateboard, stolperte die schmale Treppe hinunter, hastete durch die Wurstabteilung und in den dunklen Laden hinein.

Es war halb acht und Elwoods Laden machte erst eine halbe Stunde später auf, aber Tommy Elwood stand bereits im Schaufenster und versuchte ein Knäuel aus Lichterketten zu entwirren.

»Sieht aus, als hättest du beide Hände voll zu tun«, sagte Will.

Tommy nickte. »Nie werden sie richtig zusammengelegt. Es ist jedes Jahr das Gleiche.«

Draußen stieg Will auf sein Skateboard und stieß sich vom Bürgersteig ab. Hinter ihm, auf dem Flur seiner Wohnung in einem unordentlichen Regal, lag ein Stapel halbfertiger Zeichnungen, verschiedene Stadien der Vollendung. Keins war das geworden, was er geplant hatte, und so hatte er eins nach dem anderen weggelegt. Als er den Weg zur Schule entlangrollte, hatte Will das Gefühl, er verlasse einen Ort der Niederlage, nur um sich zum nächsten zu begeben.

Als er vor erst einem Jahr in Ryland Falls angekommen war, frisch von der Kunsthochschule, hatte er davon geträumt, ein großer Künstler zu werden, und alles, was er dazu brauchte, war ein Halbtagsjob, mit dem er seine Rechnungen bezahlen konnte. Die Anzeige am schwarzen Brett seiner Uni hatte genau richtig geklungen: »Gesucht: Kunstlehrer, Teilzeit, an der Grundschule in Ryland Falls. Gegebenenfalls auch Busfahrer.«

Die Bezahlung war schlecht, und das einzige Zimmer, das Will sich leisten konnte, war ein Lagerraum mit Bad über Elwoods Laden. Doch er hatte keine großen Ansprüche, das Licht war gut, und nachdem er alle Blecheimer, kaputten Stühle und die alten Zahnpasta-Vorführregale in eine Ecke geschoben hatte, war noch reichlich Platz für ein Bett und eine Staffelei. Er war dreiundzwanzig Jahre alt und freute sich darauf, das Leben zu beginnen. Jetzt, mit vierundzwanzig, bekam er langsam das Gefühl, dass der Preis dafür in Ryland Falls zu hoch war.

Er unterrichtete Kinder, deren Eltern nicht so recht an Kunst glaubten. Sie erzählten ihm nach kürzester Zeit, wie sehr ihn die Kinder mochten, und überhaupt, wie wichtig Kunst sei – so

ELWOOD's MA

ungemein wichtig! Aber Geld gab die Schule nur für Mathematik und Naturwissenschaften aus, und in diesem Jahr hatte man sogar per Abstimmung die Pausen im Kindergarten abgeschafft – damit die Kinder mehr Zeit fürs Computerlabor hätten.

Außerdem hieß Teilzeitstelle keineswegs Halbtagsstelle. Es bedeutete zerstückelte Zeit, mit all den Pflichtveranstaltungen, wie Konferenzen, die er besuchen, und Formularen, die er ausfüllen musste, so dass Will am Abend meistens viel zu müde war, um selbst noch zu malen. Gestern nach dem Heimkommen hatte er versucht, eine einfache Zeichnung von einer Obstschale auf einem Hocker zu machen. Aber er war mit dem Bleistift in der Hand eingeschlafen.

Will hatte seinen Blick für die Schönheit nicht verloren. Er sah sie noch immer, genauso klar wie den Mount Rag. Doch er hatte immer weniger den Drang, auch etwas damit anzufangen. Sein Herz für die Kunst schlug schwächer. Erschöpft, enttäuscht begann er sich zu fragen, ob er wirklich die Energie hatte, die er zum Durchhalten brauchte. Will konnte spüren, wie das Feuer in ihm ausging. Aber das durfte er nicht zulassen.

Will bremste vor der Schule ab, kickte sein Skateboard in die Luft und unter seinen Arm – eine geschickte Eins-zwei-Bewegung, die jedes Kind erfolglos nachzuahmen versuchte. Immer wenn Will daran dachte, aus Ryland Falls fortzugehen, waren es die Kinder, die ihn zögern ließen.

Ryland Falls war voller netter, hart arbeitender Leute, die ihre Kinder liebten und nur das Beste für sie wollten. Doch die meisten glaubten nur an das, was sie sehen konnten, wie eine ordentlich gemähte Wiese oder ein gutes Zeugnis. Kinder wie Neddie Crimmins – und davon gab es mehr, als ihren eigenen Eltern bewusst war – wollten gerade das sehen, was nicht vor ihren Augen war, sondern in ihrer Fantasie. Wenn er fortging, wer würde sie dann beschützen, wer würde ihnen sagen, dass Aus-dem-Fenster-Starren wichtig war, um die Fantasie anzuregen?

Will schloss den Kunstraum auf und ging an den Schreibtisch mit dem riesigen Stapel von

Schülerarbeiten, die alle aufgehängt werden mussten. Ganz oben lag Neddie Crimmins' Bild. Will sah es an und lächelte. »Der beste Sessel der Welt« war merkwürdig, ulkig und präzis, genau wie Neddie selbst. Er nahm das Bild mit auf den Flur und suchte nach dem besten Platz. Ja. Er würde es genau vor das Büro des Direktors hängen. Da konnte es Neddies Vater gar nicht übersehen.

V Edward Benchley Crimmins zog eine Uhr aus der Westentasche und legte sie auf den Frühstückstisch. Neben seiner Serviette lagen zu einem ordentlichen Fächer aufgereiht ein halbes Dutzend Reisebroschüren. Jedes Jahr am ersten Weihnachtstag flogen Neddie und seine Eltern weg, irgendwohin, wo es warm und sonnig war, um die Weihnachtsferien dort zu verbringen.

Edward Crimmins legte sich die Serviette auf den Schoß und betrachtete die Bilder auf den Broschüren und die Notiz seiner Frau, die an die oberste geheftet war. (»Am 1. Dezember läuft die Reservierungsfrist aus. Müssen uns heute entscheiden.«)

»Ich habe keine Zeit, sie mir heute Morgen durchzusehen, Olivia. In einer halben Stunde muss ich zu einer Sitzung. Was schlägst du vor?«

Olivia Crimmins warf einen Seitenblick auf

Neddie, dessen Gesicht von der Cornflakes-Packung verdeckt wurde. Heute früh, als er zum Frühstück kam und die Prospekte sah, war er in den Stuhl gesunken wie ein Stein. »Warum können wir nicht so sein wie alle anderen und an Weihnachten zu Hause bleiben und Geschenke auspacken!«

»Dein Vater«, erklärte sie ihm, »braucht Urlaub. Und ich übrigens auch. Weihnachten ist die einzige Zeit im Jahr, zu der wir drei zusammen sein, eine Familie sein können – ohne Unterbrechungen.«

Neddie starrte niedergeschlagen auf sein Tischset. »Alle anderen gehen an Heiligabend zum Schlittenfahren auf dem Friedhofsberg. Ich bin noch nie dabei gewesen, kein einziges Mal!«

Olivia Crimmins seufzte. In Wirklichkeit hasste sie diese Urlaube genau wie Neddie. Tropische Inseln langweilten sie. Die meiste Zeit fühlte sie sich schuldig, weil sie so viel Geld hatten, und die Menschen, die dort lebten, so wenig. Und seit seiner Geburt hatte Neddie an Weihnachten immer nur irgendwelche teuren

Urlaubsanlagen in heißen Klimazonen gesehen, wo es niemanden in seinem Alter gab, mit dem er hätte spielen können. Jedes Jahr war Olivia Crimmins hin und her gerissen zwischen einem Ehemann, der Ryland Falls an Weihnachten schrecklich fand, und einem Sohn, der es schrecklich fand wegzufahren.

Sie sah ihren Mann über den Frühstückstisch an, er wartete immer noch auf ihre Antwort.

»Na ja«, sagte sie zaghaft, »ich meine, wir waren schon lange nicht mehr auf St. Maarten's. Vielleicht könnten wir noch ein Ferienhaus am Meer bekommen.«

»Hmmf«, sagte Edward Crimmins, der in Gedanken schon längst bei der morgendlichen Konferenz mit seinen Verkaufsleitern war. »Klingt gut. Am besten nimmst du es in die Hand und machst die Reservierung klar.« Er nahm einen Toast aus dem Toastständer und bestrich ihn geistesabwesend mit Butter. Irgendetwas war da noch auf seinem Kalender für heute Abend, aber er wusste beim besten Willen nicht mehr was.

»Haben wir heute Abend irgendwas vor?«

»Natürlich haben wir das«, sagte Olivia Crimmins. »Um sechs Uhr. Weihnachtsbasar an Neddies Schule.«

»Ach ja, sicher!«, rief Edward Crimmins. Er griff quer über den Tisch nach der Cornflakes-Packung, rückte sie von Neddies Gesicht weg und lächelte ihn an. »Na, bekommen wir heute ein paar Orden und blaue Schleifen zu sehen, mein Junge?«

Neddies Herz stockte, als er »blaue Schleifen« hörte, doch er blieb ruhig. Mr. Campbell hatte geschworen, dass er es niemandem verraten würde, nicht einmal dem Direktor. Bevor Neddie antworten konnte, warf Edward Crimmins einen Blick auf die Uhr und bemerkte, dass er spät dran war. Er legte die Serviette hin, schob sich vom Tisch weg und stand auf.

»Es ist Zeit«, erklärte er, nahm seine Uhr und steckte sie wieder in die Westentasche. Dann küsste er seine Frau auf die Wange und strich Neddie über den Kopf, als er an seinem Stuhl vorbeiging.

»Sechs Uhr«, sagte er zu niemandem Bestimmten. »Sechs Uhr… Ich werde da sein.«

Aber das war er nicht.

Nicht um sechs Uhr, als alle anderen Eltern in die Schule strömten und Neddie seinen Posten unter dem Bild einnahm.

Nicht um halb sieben, als Neddie immer noch dort stand und mit den Augen den Flur absuchte nach einer Spur seiner Vaters.

Und auch nicht um sieben, als Olivia Crimmins im Büro ihres Mannes anrief und die Sekretärin bat, ihn in seiner Konferenz zu stören.

»Dein Sohn«, flüsterte sie energisch durch ihre Tränen, als sie in der Telefonzelle im Flur vor dem Büro des Direktors stand, »er steht unter seinem Bild – das den ersten Preis der Schule gewonnen hat, Edward! – und er *wartet* – auf dich!«

Sie konnte das Schluchzen nicht länger unterdrücken. Den Hörer zwischen Schulter und Ohr geklemmt, lehnte sie an der Wand der Telefonzelle und die Tränen strömten ihr durch die Finger, während Edward Crimmins am anderen Ende der Leitung um Fassung rang. Doch seine Worte waren zusammenhangslos: »wichtig« – »konnte nicht absagen« – »sag Neddie« – »kann es mir nicht leisten«.

Sie unterbrach ihn. »Du hast ihm das Herz gebrochen, Edward.« Dann lehnte sie den Kopf gegen die Wand und flüsterte ins Telefon: »Ich weiß nicht, ob ich es ertragen kann, Edward. Ich weiß es nicht.«

Sie hängte den Hörer ein, wischte sich über die Augen, dann schritt sie den Flur hinunter auf Neddie zu.

»Neddie«, sagte sie und versuchte mit fester Stimme zu sprechen. »Ich will, dass du weißt, wie stolz ich auf dich bin. Selbst wenn dein Bild nicht den ersten Preis gewonnen hätte – den es absolut verdient hat –, ich finde, es ist das schönste, einzigartigste Bild, das du je gemalt hast.«

»Warum ist Papa nicht gekommen?«, fragte Neddie.

Sie kniete sich hin, legte die Arme um ihn und sah ihm in die Augen. »Dein Vater hat gesagt … dein Vater hat gesagt, dass er …« Es hatte keinen Sinn. Sie schaffte es nicht, die Worte in ihrem Mund aufzufädeln. Sie begann zu weinen.

Neddie hatte seine Mutter noch nie weinen sehen, und es machte ihm Angst und war ihm peinlich. Was wäre, wenn sie jemand so sah? »Es ist schon gut, Mama«, flüsterte er, »schon gut.« Er versuchte sich aus ihren Armen zu winden, aber sie hielt ihn nur noch fester. »Mama! Bitte! Ich will nach Hause.«

*

In dieser Nacht wurde es in Ryland Falls so kalt, dass sich vor der Allerheiligenkirche der Bordstein wölbte. Hinter dem Lagerschuppen brach plötzlich ein Ast von einer Ulme und durchbohrte wie ein Pfeil das Blechdach. Unter Elwoods Laden platzten die Rohre. Und ein Riss entstand, wo vorher nie einer gewesen war – ein Riss in Neddie Crimmins' Herz.

Ein Riss im Herzen eines achtjährigen Jungen ist auf dieser Welt etwas, das man nicht so schnell bemerkt. Es gibt so viele achtjährige Kinder. Und außerdem haben die meisten von ihnen einen eher kleinen Wortschatz. Ihnen fehlen die Worte, um auf ihren Zustand aufmerksam zu machen. Aber es gibt jenen anderen Ort, wo all die angeknacksten, gebrochenen, verlorenen und verbitterten Herzen aufgezeichnet werden, und dort wurde es sofort bemerkt. Und als man dort Neddie Crimmins' Herz ganz sanft auf die Waagschale legte, mit all den anderen ramponierten Herzen von Ryland Falls, in diesem Augenblick kam man dort zu dem Ergebnis, dass es ein Herz zu viel war.

Der Schnee, der in dieser Nacht fallen sollte, fiel nicht. Am nächsten Tag hatte der Himmel die Farbe von Asphalt, stumpf und glanzlos wie die Farbe von Neddies Augen.

VI

Miranda Bridgeman zog die Nachttischschublade auf und holte ihr Tagebuch heraus. Sie überblätterte die leeren Seiten bis zum 7. Dezember, dann nahm sie die Kappe von ihrem Kuli, tippte sich nachdenklich gegen die frisch begradigten Vorderzähne und begann zu schreiben.

»Mein Wunschzettel.« Weiter kam sie nicht.

»Miranda«, rief ihre Mutter von unten. »Komm und bring deiner Großmutter ihr Frühstück.«

»Ich habe zu tun«, krähte Miranda hinter ihrer Zimmertür hervor.

»Und ich habe es ernst gemeint«, gab ihre Mutter zurück, die ein zweites Baby erwartete und damit auch Mirandas Hilfe.

Miranda stopfte das Tagebuch wieder in die Schublade und trampelte die Treppe hinunter. Mach dies, mach das! Seit ihre Großmutter bei ihnen eingezogen war, hatte sie doppelt so viel zu tun wie früher. Sie wünschte, ihre Großmutter lebte auf einem anderen Planeten.

Miranda Bridgeman war elf Jahre alt und voller Wünsche – sie wollte langes, gerades Haar anstatt kurzer Locken. Sie wollte eine preisgekrönte Eiskunstläuferin sein und irgendwo anders leben als in Ryland Falls, wo sie noch einmal ganz von vorn anfangen könnte mit einer neuen, besseren Persönlichkeit. Mirandas Leben war von lauter Wünschen übersät wie der Boden ihres Zimmers mit herumliegenden Kleidern, und mitten in der Unordnung musste auch der kleine Messingschlüssel zu ihrem Tagebuch verschollen sein.

»Wenn du deine Kleider aufhängen würdest«, seufzte Mirandas Mutter, »würdest du wahrscheinlich all die Sachen finden, die du suchst.«

Aber Miranda wusste, dass sie das, was sie am meisten suchte, nicht auf dem Fußboden ihres Zimmers finden würde – ein interessantes Leben. In dem etwas passierte! Sachen, über die sie schreiben konnte. In dieser Hinsicht war das Tagebuch eine große Enttäuschung.

Miranda hatte gedacht, wenn sie einen besonderen Ort hätte, um interessante Begebenheiten aufzuzeichnen, würde das die Chancen steigern, dass ihr auch interessante Begebenheiten passierten. Aber das war nicht der Fall. »Wellensittichkäfig sauber gemacht«, lautete ein Eintrag. Und: »Beim Zahnarzt Zahnspange entfernt bekommen«, ein anderer. »Meine Großmutter hat sich die Hüfte gebrochen und zieht bei uns ein.«

Mirandas Leben bot einfach keinen Stoff für ein Tagebuch, und so schrieb sie selten etwas auf. Es machte also auch nichts aus, dass sie den Schlüssel verloren hatte. Miranda hatte nichts zu verbergen außer ihrer Furcht vor der Dunkelheit, und das war etwas, worüber sie niemals schreiben würde. Mit elf Jahren, das wusste sie, müsste sie eigentlich darüber weg sein. Tatsache war: Hexen verbargen sich nicht unter dem Bett und griffen nach den Füßen. Tatsache war: Im Schrank versteckten sich keine Räuber. Trotzdem brauchte Miranda ein Nachtlicht, um einschlafen zu können. Das war auch eine Tatsache.

Sie trug das Frühstückstablett zum Zimmer ihrer Großmutter. Die Morgensonne fiel durch die Jalousien und warf gestreiftes Licht auf die verblichenen Fotos an der Wand und auf die Vitrine mit den antiken chinesischen Fächern, beim Ohrensessel am Fenster. Alles hier war alt, inklusive Pascha, der große dicke Fellball von einer Perserkatze, den ihre Großmutter abgöttisch liebte. In Menschenjahren war Pascha genauso alt wie Miranda, aber ihre Großmutter mochte Pascha lieber. Miranda stellte das Tablett ab, nicht sehr sanft, und verließ das Zimmer.

Mirandas Großmutter hatte die Augen geschlossen, damit sie nicht mit ihrer Enkelin reden musste. Sie wusste nicht, was sie zu ihr sagen sollte. Seit drei Monaten überlegte sie, was sie sagen könnte, aber Miranda war eine harte Nuss – nicht, dass es viele Möglichkeiten gegeben hätte, sich mit ihr zu beschäftigen. Meistens war Miranda nur ein verschwommener Fleck, der auf dem Weg zur Schule oder zu einer Freundin an der Schlafzimmertür vorbeirannte. Und wenn sie mal zu Hause war, hielt sie sich

meistens in ihrem Zimmer auf, telefonierte oder schmollte.

Eine schmollende Miranda, das war eine schreckliche Sache. Unglück strömte ihr aus den Augen und sammelte sich in einer Pfütze zu ihren Füßen, hinterließ Spuren im ganzen Haus und sickerte unter der Tür durch, wenn sie in ihrem Zimmer schweigend vor sich hin brütete.

Mrs. Bridgeman suchte mit dem Fuß unter der Decke, bis sie Pascha fand, der als warmes Knäuel am Fußende des Bettes lag. Dann setzte sie sich auf und goss sich eine Tasse Tee ein. Draußen vor der Tür hielt der Schulbus. Sie zog den Vorhang beiseite und beobachtete, wie Miranda den Gehweg entlangschlurfte und einstieg.

Miranda war ein hübsches kleines Mädchen, aber Mrs. Bridgeman fand, dass sie verwöhnt war. Mirandas Puppen schliefen in besseren Betten als die meisten echten Babys. Ihre Mutter zwang sie nie dazu, ihr Zimmer aufzuräumen, und es sah dort aus wie auf einem arabischen Basar. Nicht, dass sie je auf einem arabischen

Basar gewesen wäre, aber so stellte sie sich einen vor.

Pascha stolzierte vorsichtig über die Decke und setzte sich neben sie. Armer Pascha. Es war so ein Schock für ihn gewesen, in ein fremdes Haus zu kommen, wo die ganze Zeit der Hund versuchte, ihn hinauszujagen. »Mein süßer Schatz«, murmelte sie und streichelte ihm träge über das Fell. Der Tee besänftigte sie etwas.

Vielleicht sollte sie nicht so hart zu Miranda sein, dachte sie. Schließlich war sie erst elf Jahre alt, und als Mrs. Bridgeman zurückdachte – womit sie sich im Moment die meiste Zeit beschäftigte –, fiel ihr ein, dass sie selbst in Mirandas Alter auch kein besonders süßes kleines Mädchen gewesen war. Tatsächlich war sie sogar eine ganz schön freche Göre gewesen, die immer an der Leine zerrte und von der Familie wegwollte, um die Welt ohne Aufpasser zu erforschen. Vielleicht waren Miranda und sie aus dem gleichen Holz geschnitzt.

Über Mrs. Bridgemans Bett hing ein Foto ihrer eigenen Großmutter, die sie angehimmelt hatte. Jede freie Minute hatte sie bei ihr gesessen und um Geschichten gebettelt. Aber vielleicht hatte das auch damit zu tun gehabt, dass es damals noch kein Fernsehen gab. Vielleicht hatten Mädchen in Mirandas Alter heutzutage so viele verschiedene Möglichkeiten, sich zu unterhalten, dass Großmütter einfach Schnee von gestern waren. Sie musste zugeben, dass sie sich häufig wie Schnee von gestern fühlte.

Mirandas Großmutter griff nach der Zeitung auf dem Tablett. Überall waren Weihnachtsanzeigen. Vielleicht sollte sie sich langsam überlegen, was sie Miranda zu Weihnachten schenken wollte, auch wenn sie es nicht guthieß, wie Mirandas Eltern jedes Jahr für die Kinder unter dem Weihnachtsbaum die Geschenke aufhäuften.

Sie blätterte durch die Zeitung und wünschte sich vergebens, ihre Wärmflasche wäre nicht kalt geworden, als sie an einer Anzeige für den Ausverkauf von Heizdecken hängen blieb. Sie würde ihre Schwiegertochter bitten, ihr heute Nachmittag eine Heizdecke zu besorgen. Die Morgensonne wärmte allmählich das Zimmer, und Mrs. Bridgeman wurde wieder müde. Sie ließ die Zeitung auf den Boden gleiten, zog Pascha wie einen Muff an ihre Wange und schlief wieder ein. Über Weihnachten konnte sie auch morgen noch nachdenken.

VII Frances Nickerson hatte die schärfsten Augen der Stadt. Den Blick für die Dinge dahinter hatte sie als Lehrerin an der Schule erworben, wo sie Tag für Tag in den Gesichtern der Kinder lesen musste. Jetzt, seit sie in Rente war, wurde diese Begabung nicht mehr gefordert. Aber die Gewohnheit, Dinge zu durchschauen, war ihr geblieben.

Am Morgen des 14. Dezember wartete sie in Elwoods Laden, dass ihre Einkäufe eingetippt wurden. »Haben Sie in letzter Zeit vielleicht ein bisschen zugenommen?«, fragte sie Diane hinter der Theke.

Diane zog die Mundwinkel nach unten. »Ich nehme immer ein bisschen zu. Außer wenn ich ein bisschen abnehme.«

Frances Nickerson lächelte mitfühlend. »Ja. Nun, dann sind Sie wohl gerade in der Zunehmphase.«

Später sah sie Tommy Elwood, wie er im Parkverbot vor dem Postamt parkte.

»Sie werden einen Strafzettel bekommen«, warnte sie.

»Ich brauche nur eine Minute«, sagte Tommy, der ein paar Weihnachtsschinken zu verschicken hatte.

»Es dauert nur eine Minute, bis man einen Strafzettel bekommt«, gab sie zurück. Und prompt, als Tommy zurückkam, flatterte die rosafarbene Papierzunge unter dem Scheibenwischer.

Wenn es etwas zu bemerken gab, bemerkte es Frances Nickerson als Erste und sprach es auch aus, selbst wenn man es gar nicht wissen wollte. Und in den letzten zwei Wochen war ihre Wahrnehmungsschärfe in höchstem Alarmzustand. Irgendetwas lief falsch an diesem Weihnachten in Ryland Falls, doch sie kam nicht darauf, was es genau war.

Die Weihnachtsdekoration in den Geschäften war ausgesprochen fantasielos – ein paar bunte Lichterketten, ein bisschen Sprühschnee, aber nichts Besonderes. Die Bücherei hatte nicht einmal die gewohnte Ausstellung der schönsten Weihnachtsgeschichten im Schaufenster aufgebaut. Und die Säulen auf der Terrasse des Gasthauses, die für die Feiertage sonst immer mit festlichen Girlanden aus Tannenzweigen und Goldschleifen geschmückt waren, blieben unerklärlich kahl.

Auf ihren täglichen Spaziergängen durch die Stadt musste Frances feststellen, dass auch die Bewohner nicht das ihre zu Weihnachten beitrugen: Es gab kaum Kerzen in den Fenstern und viel weniger Nikoläuse und Rentiere in den Vorgärten. Und durch den schmalen Ausschnitt des Erkerfensters an der Crimmins-Villa konnte Frances sehen, dass sie noch nicht einmal einen Weihnachtsbaum aufgestellt hatten. Und wo war der zweite, kleinere Baum, den sie sonst immer auf dem Balkon im zweiten Stock stehen hatten?

»Haben Sie vielleicht bemerkt«, fragte sie den Postboten, als er ihr die Post brachte, »dass in diesem Jahr viel weniger Weihnachtskarten verschickt worden sind?«

»Jetzt, wo Sie es sagen«, sagte er. »Sie haben

recht. Bis jetzt habe ich nur eine von meinem Versicherungsvertreter und eine von meinem Schwager in Montana bekommen.«

»Hmm«, machte sie und sah über die Straße. An der Haustür der Bridgemans hing kein Adventskranz. Dann fiel ihr auf, dass an ihrer eigenen Tür auch nichts hing.

Die Weihnachtszeit in Ryland Falls nahm nicht ihren üblichen fröhlichen Lauf. Die Leute entwirrten zwar pflichtbewusst die Lichterketten vom letzten Jahr, holten den Weihnachtsschmuck hervor, erstellten die üblichen Listen der Spielsachen, welches Kind sich was wünschte, und so weiter. Aber die Vorbereitungen schienen keinen Spaß zu machen, es war, wie wenn man ein langweiliges Buch für die Schule lesen oder den Schrank im Flur aufräumen musste.

Vielleicht, dachte Frances Nickerson, hat es damit zu tun, dass es noch nicht geschneit hat. Seit Menschengedenken hatte es bis Dezember immer eine ordentliche Schneedecke gegeben. Jetzt war schon Mitte des Monats, und jeden Morgen wachten die Kinder auf und sahen voller Hoffnung aus dem Fenster, ob es in der Nacht endlich geschneit hätte. Sie drückten ihre Nasen an den Scheiben platt und träumten von allem, was mit Schnee zu tun hat – Schneeballschlachten und Schneemännern und davon, sich auf ihre Schlitten zu werfen und über schneebedeckte Hügel bis ins Tal zu sausen. Aber es gab nichts zu sehen, außer dem Rest des Herbstlaubs und leere Eicheln, die vom Wind über den Asphalt gefegt wurden. Ein grauer schneeloser Tag folgte auf den anderen, und sogar die Erwachsenen hinkten hinterher, als wären sie alle unter dem Bann eines harmlosen Fluchs, der sie zu Dingen zwang, die sie nicht tun wollten, und von den Dingen abhielt, die sie eigentlich vorgehabt hatten.

»Was ist bloß los mit mir?«, seufzte eine Frau, während sie sich in eine Wanne mit nach Gardenie duftendem Badeschaum sinken ließ, den sie ursprünglich für den Weihnachtsstrumpf ihrer Tochter gekauft hatte.

»Das sollte ich nicht tun«, sagte ein Mann, während er sich ein neues Uhrarmband aus Krokodilleder ums Handgelenk legte. Als er früher von der Arbeit in die Stadt gegangen war, um einzukaufen, wollte er eigentlich Geschenke für seine Frau und seine Schwiegermutter besorgen.

Die Geschäfte waren voller Menschen, die auf der Suche nach Geschenken durch die Gänge bummelten. Und es war schwer zu erklären, warum sie Tag für Tag mit Geschenken nach Hause kamen, deren Kauf sie bereuten, oder ganz ohne Geschenke heimkamen oder – was am erschreckendsten war – nur mit Geschenken für sich selbst.

Jedes Jahr bastelte Frances Nickerson als weihnachtlichen Tafelaufsatz eine Pyramide aus Äpfeln und Buchszweigen. Während sie bei Elwoods die Obstkisten durchkämmte, um die schönsten Äpfel herauszufischen, sagte sie zu Diane: »Ich weiß nicht, aber ich habe das nagende Gefühl, dass aus Weihnachten dieses Jahr nicht viel wird.«

»Von mir aus bräuchte gar nichts draus werden«, brummte Diane. »Wo doch meine Tochter arbeitslos ist und die drei Enkelkinder jedes Spielzeug auf dem ganzen Planeten haben wollen …«

Frances Nickerson wünschte, sie hätte das Thema nicht aufgebracht. »Na ja«, versuchte sie Diane zu besänftigen, »aber es ist doch sicher schön, sie alle über die Feiertage um sich zu haben.«

»Schon … wenn nicht gerade der Ölofen kaputtgegangen wäre. Ich habe es satt!«

Die grantige Diane war keine Optimistin, aber Frances Nickerson hörte ihr gar nicht mehr zu. Nur als sie sagte, dass sie es satt habe, war es, als spreche sie für die gesamte Stadt.

Es gab nur ganz wenige Weihnachtsfeiern. Der Elternbeirat beschloss, da sich nur zwei Teilnehmer angemeldet hatten, den Lebkuchenhauswettbewerb abzusagen. Und drei der fünf Familien, die sich für die weihnachtliche Häuserführung gemeldet hatten, zogen ihr Angebot doch noch zurück, weil sie einfach nicht die Energie dafür besaßen. Sogar die angenehmen Anlässe, bei denen sie sich eigentlich nur zurücklehnen und festlich fühlen mussten, kamen den Leuten wie Arbeit vor.

Der 18. Dezember war der Abend des jährlichen Messias-Singens in der Allerheiligenkirche. In allerletzter Minute beschlossen Miranda Bridgemans Eltern, sich stattdessen Abendessen vom Chinesen zu bestellen und früh ins Bett zu gehen. Was die Bridgemans nicht wussten, war, dass die Hälfte aller Einwohner, die zum Singen gehen wollten, in derselben allerletzten Minute dasselbe beschlossen hatte.

Reverend Williams freute sich immer auf den Messias-Abend, es war der Höhepunkt seines Jahres als Pfarrer. Doch diesmal waren nicht einmal genug Leute da, um die Altstimmen zu singen. Als er später die Kirchentür abschloss, sagte er zu seiner Frau: »Also, ich fürchte, ich habe schon bessere Besucherzahlen gehabt.«

»Vielleicht geht eine Grippewelle um«, tröstete sie ihn.

»Die Bridgemans kommen immer. Ich frage mich, ob sie krank sind.«

»Nicht zu krank, um chinesisch zu essen«, sagte Mrs. Williams, die vorher, als sie die Chorkleider von der Reinigung nebenan holte, Mr. Bridgeman gesehen hatte, wie er, beladen mit diversen Schachteln Chop Suey und Frühlingsrollen, ins Auto stieg.

Reverend Williams fühlte sich in seiner Berufsehre gekränkt und beschloss, das Thema zu wechseln. »Vielleicht sollten wir uns morgen mal darum kümmern, einen Baum zu holen.«

»Du meinst«, sagte Mrs. Williams leise, »vielleicht solltest *du* dich morgen mal darum kümmern, einen Baum zu holen.«

Seit dreiundzwanzig Jahren hörte sich Mrs. Williams von ihrem Ehemann an, dass sie den Baum ruhig auch ohne ihn holen könnte, und plötzlich betrachtete sie das nicht mehr als Privileg.

Wer den Weihnachtsbaum besorgen sollte, war eine Frage, die jeden zu beschäftigen schien. Kommentare wie: »Wenn's nach mir ginge, würde ich den Kleiderständer schmücken!« oder: »Ich bin es Leid, dass an jedem kahlen Fleck immer ich schuld sein soll«, erklangen in der ganzen Stadt. In der Zwischenzeit rückte Weihnachten immer näher und an Giovannis Verkaufsstand gab es einen unerwarteten Überschuss an Weihnachtsbäumen.

Am Abend des 21. Dezember saß Giovanni am Holzofen und zählte die enttäuschenden Einkünfte des Tages. Er hatte seit dem frühen Morgen nur drei Bäume verkauft und begann mit wachsender Nervosität auf den Schub von Spätkäufern zu warten, der jedoch nicht einsetzen wollte.

Nachdem er Max gefüttert und die Ofenklappe zurechtgeschoben hatte, zog er die Zelttür zu, kroch unter den Deckenberg auf dem Feldbett und drehte das Transistorradio an.

»Es soll schneien«, sagte der Meteorologe und wirkte, als glaubte er seiner eigenen Vorhersage nicht. Giovanni stützte sich auf den Ellbogen, um nachzusehen, wie viel Holz im Ofen war. Der Ofen war voll. Dann stellte Giovanni das Radio ab, lag in der Dunkelheit und dachte darüber nach, ob er im nächsten Jahr seine Bäume in eine bessere Stadt bringen sollte.

In der Wohnung über Elwoods Laden lag Will Campbell in seinem Bett und dachte darüber nach, wo er eine neue Stelle finden würde.

Auf der anderen Seite der Stadt sah Miranda Bridgeman aus dem Fenster zu den Straßenlaternen hinunter und dachte darüber nach, ob es poetischer war, sie als »Perlenschnur« oder »Diamantenkette« zu bezeichnen.

Und im zweiten Stock der Crimmins-Villa dachte Neddie Crimmins darüber nach, warum er das Gefühl hatte, als ob etwas Großes passieren würde.

Bis Mitternacht war jeder noch so nachdenkliche Bewohner von Ryland Falls, ob Mann, Frau oder Kind, in tiefen Schlaf gesunken.

Da begann es zu schneien.

VIII Es schneite still, wie Talkumpuder aus einer Streudose. Langsam, sorgfältig wurde jedes Dach, jede Straße bestreut, der Wind ließ es hierhin und dorthin rieseln, bis jeder Zentimeter von Ryland Falls so weiß war wie eine Bäckerschürze. Dann, als die Oberfläche bedeckt war, füllte der Schnee die Löcher auf.

Blumenkästen, Vogelbäder, die Lücken zwischen Zaunpfählen, Flocke für Flocke türmte sich der Schnee immer höher, Schneewehen sammelten sich an Baumstämmen und kletterten die Äste hinauf. Die Vorder- und Hintertreppen außen an den Häusern verschwanden. Mülltonnen wurden zu Pilzen. Autos, Hecken und Hydranten wurden begraben.

Die ganze Nacht fiel der Schnee leise vom Himmel, bis Ryland Falls unter seinem Gewicht zu ächzen begann. Und am Morgen des 22. Dezember, als die Sonne sich über den Kamm des Mount Rag schleppte und vergeblich versuchte, auf die Stadt zu scheinen, schneite es immer noch.

Als Will Campbell aufwachte, war ihm kälter als je zuvor in seinem Leben. Er setzte sich auf und sah nach draußen. Die Scheiben waren mit Eisblumen überzogen und auf der Fensterbank türmte sich Schnee. Die Wärmepumpe musste in der Nacht ausgefallen sein. Er zog sich an, wickelte sich einen Schal um den Hals und stakte die Treppe hinunter.

Im Laden unten war es genauso kalt. Will schloss die Tür auf und drückte sie gegen die Schneewehen auf, die sich draußen angehäuft hatten. Aus dem Ofenrohr, das aus dem Dach von Giovannis Zelt ragte, schlängelte sich ein dünner Rauchfaden. Darauf stapfte Will jetzt zu.

Im Zelt saß Giovanni mit Max am Holzofen und lauschte dem Transistorradio. *Nun, liebe Leute*, sagte der Reporter, *das ist mal ein Schneesturm! Und er hat uns so genannte Wetterexperten vollkommen kalt erwischt. Ein Meter*

Schnee bis jetzt, und das Ende ist noch nicht abzusehen.

Giovanni hörte von draußen jemand rufen. Als er die Zelttür zurückschlug, sah er den schmalen jungen Mann, der über dem Laden wohnte.

»Bei mir ist die Heizung ausgefallen«, sagte Will. »Darf ich mich vielleicht bei Ihnen am Ofen aufwärmen, bis mir einfällt, was ich machen soll?«

Giovanni nickte und winkte ihn herein. Im Zelt war es mollig warm, und Wills Blick schweifte anerkennend über die perfekte Ordnung, mit der sich der Waldbewohner eingerichtet hatte.

»Ich kann Ihnen zwar keinen Stuhl anbieten«, sagte Giovanni, während er einen großen Holzscheit neben den Ofen rollte und ein Kissen darauf legte, »aber Sie können sich gerne hierher setzen – und eine Tasse Kaffee gibt es auch.«

»Ein sicherer Hafen im Sturm«, sagte Will. »Ich bin Ihnen sehr dankbar.« Giovanni reichte ihm einen dampfenden Becher.

Alle Behörden bleiben heute geschlossen, berichtete das Radio. *Die Geschäfte öffnen mit zwei Stunden Verspätung … mindestens! Und die Schule fällt aus.*

Der 22. Dezember wäre der letzte Schultag vor den Weihnachtsferien gewesen. Jetzt musste Will den Kindern nicht einmal mehr persönlich sagen, dass er nach den Feiertagen nicht zurückkam. Als er einen Schluck von seinem Kaffee nahm und über den Becherrand sah, fiel sein Blick auf das alte braune Buch, das neben Giovannis Feldbett lag. Er konnte gerade den Titel auf dem Buchrücken entziffern: *Weltberühmte Gemälde*. Dieses Buch kannte er gut!

»Sie sind also auch Künstler?«, fragte er.

Giovanni schüttelte den Kopf. »Nein, nein, ich sehe mir nur gern die Bilder an.«

Will nickte. »Genauso ging es mir auch. Ebendieses Buch war der Grund dafür, dass ich Maler werden wollte, noch bevor ich überhaupt lesen konnte. Aber ich habe es vor langer Zeit verloren. Wo haben Sie Ihres her?«

»Es hat meiner Frau gehört.«

»Darf ich mal hineinsehen? Ich hätte nie gedacht, dass ich es noch mal zu sehen bekomme.«

Giovanni nickte und reichte ihm das Buch.

Giovanni hatte sich jedes Bild so oft angesehen, dass er zu jedem einzelnen eine Geschichte erfunden hatte. Als Will es auf dem Schoß hielt, öffnete es sich auf der Seite mit Jan van Eycks *Jungfrau mit Kind und Stifter*.

»Daran erinnere ich mich«, sagte Will.

Giovanni zog seinen Stuhl näher heran und betrachtete die Seite. »Das ist das Bild, das ich mir am meisten anschaue. Ich habe noch nie so was Schönes gesehen. Dabei finde ich, es sieht gar nicht aus wie Jesus und Maria. Nicht so, wie die angezogen sind.«

»Na ja, die Frau war wahrscheinlich eine der Geliebten oder der Lieblingsmodelle des Künstlers. Und der Mann, der an der Seite sitzt mit dem komischen Topfschnitt? Das ist der Stifter. Jener Mann, der dafür bezahlt hat, dass er auch mit aufs Bild gemalt wurde.«

»Dann hat er gar nichts mit der Geschichte zu tun?«

»Nein«, sagte Will, »er wollte einfach, dass die Leute, die das Bild sahen, dachten, er wäre ein frommer Mann. Aber das war er gar nicht. Er war ein reicher Mann, mehr nicht.«

»Er hat ein gemeines Gesicht. Das habe ich immer gedacht, wenn ich ihn angeschaut habe.«

Sie schwiegen und sahen sich das Bild gemeinsam an.

»Ist der Engel da in der Ecke auch jemand, der dafür gezahlt hat, im Bild zu sein?«, fragte Giovanni.

Will schmunzelte. »Ich weiß nicht. Aber auf jedem Bild von der Geburt Christi malt der Maler für gewöhnlich irgendwo einen Engel hin.«

Will fiel auf, dass er sich noch gar nicht vorgestellt hatte. Er streckte Giovanni die Hand entgegen. »Ich heiße Will Campbell und bin Maler, aber nicht in dieser Liga. Ich bin ein gescheiterter Maler, bis jetzt zumindest.«

Giovanni schüttelte schüchtern Wills Hand und ließ sie dann los. Es kam selten vor, dass er sich so lange am Stück mit einem Fremden unterhielt.

»Ich bin Giovanni«, sagte er, ohne dazu zu sagen, was ihm durch den Kopf ging – nämlich dass er, mit dem ganzen Platz voller unverkaufter Bäume, wohl auch ein Gescheiterter war.

»Freut mich, Sie kennen zu lernen«, sagte Will. Und das stimmte.

Giovanni war der erste Erwachsene, den Will seit seiner Ankunft in Ryland Falls kennen lernte, dem Kunst genauso wichtig war wie ihm. Auf der anderen Seite war Giovanni gar nicht aus Ryland Falls, und nach Weihnachten würde Will auch nicht mehr hier wohnen.

IX

Am Mittag des 22. Dezember hatte der Schnee bereits ein Meter zwanzig erreicht. Miranda Bridgeman war begeistert. Endlich passierte etwas, über das sie in ihrem Tagebuch schreiben konnte.

»Dies ist kein Schneesturm! Es ist ein Schneechaos! Als hätten die Erzengel den Himmel wie ein Bettlaken an allen vier Ecken gepackt und den gesamten Schnee, der für die ganze Welt bestimmt war, genau auf uns herabgeschüttelt!«

Miranda las sich noch einmal durch, was sie gerade geschrieben hatte. Genauso fühlte es sich an, und sie war zufrieden damit, wie sie es ausgedrückt hatte. Sie legte das Tagebuch zur Seite und ging den Flur hinunter. Ihre Großmutter sah in ihrem Zimmer fern. Miranda stellte sich in die Tür und sah ebenfalls zum Fernseher.

Die Schneefahrzeuge versuchen, die Straßen zu räumen, sagte der Reporter, der im Schneegestöber kaum zu sehen war, *aber es schneit schneller nach, als sie räumen können. Und der Nachschub an Streusand* – In diesem Augenblick wurde der Bildschirm schwarz.

»Ach du meine Güte«, sagte Mirandas Großmutter, »glaubst du, die Sicherung ist rausgeflogen?«

»Nein«, rief Mirandas Mutter von unten. »Es ist ein Stromausfall. Ich versuche das Auto freizuschaufeln und ein paar Vorräte einzukaufen.«

Bis zum Mittag waren Batterien, Kerzen, Kerosin und Spiritus in allen Geschäften ausverkauft. Gartenfackeln wurden aus den Lagern geholt. Wer keinen Gasherd hatte, schleppte Feuerholz herein, um Wasser und Lebensmittel im Kamin warm zu machen.

»Es wird ernst«, schrieb Miranda, die sich ein überbackenes Käsesandwich zum Mittagessen gemacht hatte, indem sie eine Pfanne über das Kaminfeuer hielt. »Es ist, als wären wir ins achtzehnte Jahrhundert zurückversetzt oder so.«

In dieser Nacht aßen die Bewohner von Ryland Falls bei Kerzenlicht und gingen im Schein von Kerzen oder Taschenlampen zu Bett.

Miranda lag unter ihrer Decke, lauschte dem Schnarren der Räumfahrzeuge, die die Straßen hoch- und runterfuhren, und versuchte angestrengt, nicht an die Dunkelheit zu denken. Aber je mehr sie sich anstrengte, desto dunkler wurde das Zimmer, bis die Aufregung des Tages schließlich der Angst vor der Nacht wich und Miranda das Herz in der Brust zu pochen anfing wie ein Trommelwirbel. Es war nicht nur in ihrem Zimmer dunkel, sondern im ganzen Haus und in der ganzen Stadt um sie herum. Für einen Räuber wäre das natürlich ein willkommenes Fressen.

Mirandas Großmutter hörte, wie die Tür quietschte. Dann sah sie eine kleine Person neben ihrem Bett stehen.

»Miranda?«

Die kleine Person nickte.

»Fehlt dir irgendwas? Was hast du?«

»Ich wollte fragen«, flüsterte Miranda, »ob ich …«

Mrs. Bridgeman wartete nicht, dass sie weitersprach. »Dich bei mir aufwärmen kannst? Es muss eisig kalt im Haus sein. Du hast ja nicht genug Decken.« Sie rutschte zur Seite und ließ Miranda zu sich ins Bett schlüpfen, und dann starrten sie gemeinsam an die Decke, als wäre es der interessanteste Anblick der Welt.

»Oma«, sagte Miranda und durchbrach die Stille, »bist du jemals in einem Sturm gewesen, der so böse war wie der hier?«

»Nein, aber ich war mal in einem Hochwasser, das ziemlich schlimm war.«

»Wo?« Miranda konnte sich gar nicht vorstellen, dass ihre Großmutter irgendwo außerhalb dieses Zimmers war, unter ihrer Chinesischen-Fächer-Sammlung.

»In Kentucky. Ich versuchte ein krankes Pferd über die Berge zu bringen und wir kamen in einen Sturm.«

All die neuen Informationen über ihre Großmutter vermochte Mirandas Fantasie kaum aufzunehmen. Ein Pferd über die Berge bringen? Welche Berge?

»Ich war Krankenschwester draußen im Wilden Westen, ich kümmerte mich um die Leute, die sich keinen Arzt leisten konnten. Aber bald hatte ich mit allem zu tun, was sein

Glück bei mir probieren wollte – Pferde, Schweine, Kühe, Katzen. Einmal habe ich ein neu geborenes Baby in einer Satteltasche den ganzen Weg zum Krankenhaus gebracht.«

»Hattest du jemals Angst?«

»Manchmal. Ja, ich muss zugeben, manchmal hatte ich Angst. Aber noch viel mehr Angst hatte ich vor einem langweiligen Leben. Ich wollte unbedingt etwas anderes machen, etwas, was nicht jeder andere auch tat.«

»Genau das denke ich auch manchmal«, sagte Miranda.

»Ich weiß. Ich habe es dir angesehen.«

»Ich will Schriftstellerin werden.« Miranda hatte bisher noch niemandem davon erzählt.

»Eine Schriftstellerin!«, rief ihre Großmutter aus. »Ja, das sollte dir ein interessantes Leben bescheren! Worüber möchtest du denn schreiben?«

»Ich weiß noch nicht. Mir macht es einfach Spaß, Dinge zu beschreiben.«

»Dann hast du die richtige Voraussetzung für den Beruf. Dinge beschreiben ist genau das, was eine Schriftstellerin können muss.«

Pascha stapfte schnurrend das Bett hinauf und kuschelte sich in die Ritze zwischen Miranda und ihrer Großmutter.

»Ich glaube, Pascha fühlt sich ein bisschen ausgeschlossen«, sagte Mrs. Bridgeman und kraulte Pascha den Kopf.

Miranda wollte mehr von dem kranken Pferd und dem Sturm wissen, aber ihr war zu warm und zu wohlig, um noch lange zuzuhören. »Erzählst du mir morgen mehr Geschichten aus deinem Leben?«

»Wenn es dich morgen noch interessiert.«

Aber Miranda antwortete nicht. Sie war schon tief eingeschlafen, ihre Nase in Paschas Fell begraben.

X Am Morgen des 23. Dezember lief Edward Crimmins im Wohnzimmer auf und ab wie ein Bär im Käfig. Sein Auto vor der Tür war unter einer schweren Schneehaube begraben. Zweimal hatte er sich einen Weg über die Vordertreppe gebahnt, um es freizuschaufeln, aber jedes Mal hatte er zusehen müssen, wie es unter neuem Schnee verschwand, sobald er die Schaufel zur Seite stellte. Außerdem war das Telefonnetz ausgefallen. Er konnte mit niemandem außerhalb seines Hauses in Verbindung treten. Anscheinend konnte er auch mit niemandem *innerhalb* seines Hauses in Verbindung treten.

»Olivia!« Keine Antwort.

»Neddie!« Stille.

»Wo seid ihr?«, murrte er.

Er ging in die Küche. Es schneite immer noch, und ohne das Deckenlicht wirkte die Küche grau, gespenstisch. Es war der zweite Tag ohne Strom in Ryland Falls. Zum Frühstück hatte es kalte Haferflocken gegeben und Instantkaffee, über dem Spiritusbrenner aufgewärmt. Das Mittagessen bestand aus einer Dose Chili und einer Dose Fruchtsalat. Er nahm die letzte Banane aus der Obstschale und sah sie unglücklich an.

Der Flughafen war geschlossen und sein Flugzeug war aus Sicherheitsgründen in den Hangar geschleppt worden. Mehr als diese Banane würde er in diesen Weihnachtsferien nicht von den Tropen zu sehen bekommen. Er biss ab und sah aus dem Küchenfenster.

Ganz hinten im Garten entdeckte er Neddie, der Holzscheite vom Stapel auf seinen Schlitten hievte. Der Kamin im Wohnzimmer war die einzig verlässliche Wärmequelle im unteren Geschoss. Gestern musste Olivia beide Eingangstüren mit Decken abhängen, um die Wärme drinnen zu halten.

Edward Crimmins sah auf die Uhr in seiner Westentasche. Es war Mittag, doch der Schnee hatte die Zeit bedeutungslos werden lassen. Keiner konnte irgendwohin gehen oder irgendetwas machen, daher spielte es überhaupt keine Rolle, wie viel Uhr es war. Zwei Tage vor Weihnachten war Ryland Falls zum kompletten Stillstand gekommen. Auch Edward Benchley Crimmins war zum kompletten Stillstand gekommen.

So, dachte er und steckte die Uhr wieder ein, es gibt also nicht zu tun, als zu warten. Während er in der Küche stand und zusah, wie Neddie mit dem schweren Schlitten voll Feuerholz kämpfte, hatte er plötzlich das seltsame, ihm vollkommen unerklärliche Bedürfnis zu weinen. Dunkel erinnerte er sich an einen anderen Schlitten, vor langer Zeit, und an genau das gleiche Gefühl von Hilflosigkeit.

Edward Crimmins konnte es nicht wissen, aber in diesem Moment war er einer von vielen Menschen in Ryland Falls, die plötzlich an Dinge dachten, bei denen ihnen die Tränen kamen. Es war die Stille, die dieses Gefühl auslöste. Eingeschlossen in ihren Häusern und weit weg von ihrem äußeren Leben und den Verantwortungen, an denen sie sich festhielten und ablenkten, waren die meisten von ihnen auf einmal so einsam und isoliert, wie sie es seit langer Zeit nicht erlebt hatten. Diese Stille war wie ein Spaten, der tief in der weichen Erde der Erinnerungen grub und Dinge ans Tageslicht brachte – Gesichter, Gespräche, Beziehungen, Gefühle –, die unter der Oberfläche ruhten wie Steine in einem Acker.

Ein erwachsener Mann, der weinen musste? Was um Himmels willen ist los mit mir?, dachte Edward Crimmins. Es war Jahre her, dass ihm zum Weinen war. Und er wollte auch jetzt nicht weinen! Was er stattdessen wollte, das merkte er jetzt, war mit Neddie zusammen zu sein. Er schnappte sich seinen Parka von der Garderobe.

Draußen stand Neddie mit seinem Schlitten und sah nach oben in den Himmel, in die wirbelnden Schneeflocken. Er stellte sich vor, dass irgendwo ein riesiges Blatt Papier in unzählige winzige Schnipsel zerschnitten wurde. Und wenn alle Papierschnipsel zu Boden geschwebt waren, fing der Himmel wieder von vorne an, mit einem neuen Blatt, so wie ein Künstler in seinem Skizzenblock auf einem frischen Bogen ein neues Bild anfing. Dann sah er seinen Vater auf sich zukommen, und als Nächstes fühlte er, wie sich ein riesiger, wolliger Handschuh um seine eigene Handschuhhand wickelte, in der er die Schlittenschnur hielt.

»Wenn wir zusammen ziehen, ist es leichter«, sagte sein Vater.

Zusammen schleiften sie das Holz auf die hintere Veranda, klopften den Schnee ab und trugen es nach drinnen. Dann, nach getaner Arbeit, ging Edward Crimmins mit Neddie Crimmins zum Schlittenfahren.

Ein großer Mann und ein kleiner Junge, die im Schneegestöber Schlitten fahren, war kein besonders ungewöhnlicher Anblick. An diesem Tag war der Friedhofshügel voller Schlitten, und auf einigen saßen Väter mit ihren Söhnen genau so, wie Edward mit Neddie saß: die Stiefel des Vaters vorn an den Kufen und Neddie zwischen seinen Knien, ganz wie zwischen den Armlehnen eines Sessels.

Doch an jenem anderen Ort, wo selbst die kleinste Großherzigkeit bemerkt wurde und die leiseste Tapferkeit gehört, setzten sich Dinge in

Bewegung, die eine sehr lange Zeit darauf gewartet hatten, dass Edward Crimmins seine Sache richtig machte.

In dieser Nacht aß die Familie Crimmins im Wohnzimmer vor dem Kamin zu Abend. Das Hauptgericht waren Frankfurter Würstchen, die an Kleiderbügeln über dem Feuer geröstet wurden.

»Fabelhaft, Olivia«, sagte ihr Mann, »wie du es geschafft hast, ein Zimmer ohne Strom oder Heizung so behaglich zu machen.«

Mit den Kerzen auf dem Sims, dem Feuer im Kamin und dem weichen, gelben Feuerschein, der über die Wände und die Vorhänge tanzte, wirkte das Zimmer so heimelig und leuchtend wie ein Ölgemälde. Mrs. Crimmins saß mit ihrem Strickzeug auf dem Sofa beim Feuer. Mr. Crimmins saß vor ihr auf dem Boden, mit Neddie zwischen den Knien, genauso wie beim Schlittenfahren.

Seit langer Zeit war Edward Crimmins nicht mehr so voller Frieden gewesen. Und doch stieg schon wieder dieses Bedürfnis zu weinen in ihm auf. »Habe ich euch schon mal die Geschichte von dem Schlitten erzählt, den mir mein Vater zu Weihnachten schenkte?«

»Wann?«, fragte Neddie.

»Als ich ungefähr so alt war wie du. Nur hatten wir damals kein Geld für solche Dinge wie Schlitten.«

»Und wie hat dein Vater ihn dann gefunden?«

»Gar nicht. Er hat ihn selbst gebaut. Vor Weihnachten, wenn er von der Arbeit heimkam, verschwand er ungefähr drei Wochen lang jeden Abend im Keller in seiner Werkstatt, und keiner von uns durfte hinuntergehen und sehen, was er dort tat. Und dann, am Weihnachtsmorgen, stand er dort, unter dem Baum.«

»War es ein guter Schlitten?«

Edward Crimmins lachte bei der Erinnerung in sich hinein. »O ja, es war wirklich ein schöner Schlitten. Es war der schönste Schlitten, den ich je gesehen hatte. Er hatte glänzende Messingkufen und leuchtend rote Griffe und glatte, perfekt abgeschmirgelte Holzleisten zum Draufliegen. In der Mitte stand sogar mein Name geschrieben, in großen schwarzen Buchstaben. Der Schlitten hatte nur ein Problem …«

»Was für ein Problem?«

»Er funktionierte nicht.«

»Wie meinst du das, er funktionierte nicht?«

»Als wir mit dem Schlitten zum Friedhofshügel gingen, rutschte er nicht den Berg hinunter.«

»Wieso denn nicht?«

»Er war zu schwer.«

Edward Crimmins begann vor dem Feuer vor- und zurückzuschaukeln, als wiegte er etwas schrecklich Trauriges oder auch etwas herrlich Schreckliches in seinem Schoß. Die Erinnerung an seinen fassungslosen Vater, der am Fuß des Friedhofshügels stand und seinen Sohn beobachtete, wie er versuchte, den Schlitten zum Fahren zu bringen, erfüllte ihn mit verzweifeltem Mitgefühl.

»Was ist aus dem Schlitten geworden?«, fragte Neddie.

»Ich weiß es nicht. Ich weiß nur noch, dass der Schlitten nicht funktionierte, und zwar deshalb, weil mein Vater arm war, und er tat mir so leid, und da wusste ich, dass ich, wenn ich groß wäre, niemals arm sein wollte.«

»Edward«, sagte Olivia Crimmins leise vom Sofa, »die Geschichte hast du mir nie erzählt.«

»Ich hatte sie vergessen.«

In ganz Ryland Falls dachten die Menschen plötzlich an Dinge, die sie vergessen hatten. Erinnerungen drangen an die Oberfläche, die ihre Herzen zu Eis hatten werden lassen, so dass es schwer geworden war, sich überhaupt an irgendetwas zu erinnern oder irgendetwas zu fühlen. Doch während Neddie in dem schummrigen Zimmer vor dem warmen Feuer saß und die Arme seines Vaters um sich spürte, begann sein Herz vor Glück zu brennen. Er lehnte sich zurück an die Brust seines Vaters, und durch einen jener stillen Wärmekreisläufe, die keiner sehen kann, fing Edward Crimmins' eigenes Herz zu schmelzen an.

XI Früh am Morgen des 24. Dezember stieg die siebenjährige Anna Aragon mit ihrer Mutter in einen großen, voll besetzten Bus. Es würde eine lange Fahrt werden mit vielen Haltestellen, und ihr Ziel war die Endstation. Aber Anna war es egal, wie lange es dauern würde. Das Wichtigste war, dass sie fortkamen. Sie lehnte sich an ihre Mutter, die ihr dickes Wolltuch über Annas Schultern breitete, und schlief ein.

Anna Aragon war schlau, stark und hart im Nehmen. Das musste sie sein. In den Büschen vor ihrem Reihenhaus versteckten Drogendealer ihre Vorräte. In der Nachbarschaft gab es Schießereien und Verfolgungsjagden mit der Polizei. Eines Abends, als sie im Bett lag, hörte sie einen lauten Schlag, so als ob jemand von der Leiter gestürzt wäre oder auf der Veranda ein Sack Steine fallen gelassen hätte. Sie hatte zu große Angst, um aus dem Fenster zu sehen, aber am nächsten Morgen, als sie die Haustür öffnete, lag vor ihr ein Mann in einer Blutlache.

»Er ist tot«, berichtete sie ihrer tauben Mutter in Zeichensprache. Am gleichen Tag setzte sich Annas Mutter an den Küchentisch und schrieb an Annas Großmutter, die in einer anderen Stadt dreihundert Kilometer entfernt wohnte. »Wir können hier nicht länger leben«, schrieb sie. »Anna muss in einer sichereren Gegend aufwachsen. Ich werde versuchen, eine Stelle zu finden, um für uns aufzukommen, wenn du uns bitte, bitte zu dir kommen und bei dir wohnen lässt.«

Annas Großmutter hatte sofort zurückgeschrieben. Sie sollten an Weihnachten kommen. Sie könnten bei ihr wohnen.

Sobald sie den Brief bekommen hatten, begannen Anna und ihre Mutter alles wegzuwerfen, was sie nicht mehr wollten, all das einzupacken, was sie behalten wollten, und alles andere, was noch irgendeinen Wert besaß, zum Pfandleiher zu bringen. Das Geld, das sie dort bekamen, reichte für die Miete des letzten Monats und für zwei Busfahrkarten. Bevor sie das Haus verließen, um sich auf die Reise zu machen, zählte Annas Mutter drei Scheine ab, die sie in Annas Jackentasche steckte. Selbst im Schlaf hatte Anna die Finger fest um das Geld geschlossen, bis sie die Stimme des Busfahrers aus dem vorderen Teil des Busses aufweckte.

»Miss ... Miss.«

Anna setzte sich auf und sah sich um. Ihre Mutter schlief weiter. Sie waren die Einzigen, die noch im Bus waren. Es war fast dunkel und schneite heftig. Undeutlich konnte Anna draußen ein Schild erkennen. »Elwoods Laden«. Aber dort brannte kein Licht.

»Wo sind wir?«, fragte sie den Busfahrer.

»Ryland Falls.«

»Wann müssen wir aussteigen?«

»Es ist die nächste Station nach dieser, aber bei dem Wetter schaffen wir es nie im Leben über den Berg.« Der Fahrer schüttelte die Faust gegen den Schnee. »Wenn ich gewusst hätte, was hier auf mich wartet, wäre ich heute Morgen gar nicht losgefahren. Ich schätze, wenn wir jetzt umkehren, schaffen wir es gerade noch dahin zurück, wo wir hergekommen sind, bevor die Straßen völlig eingeschneit sind. Aber über den Mount Rag kommen wir heute Nacht nicht mehr. Nie im Himmel!«

Annas Mutter war jetzt auch aufgewacht und sah den Busfahrer an.

»Madam«, sagte er zu ihr, »Sie müssen mir sagen, was Sie machen wollen. Sie können hier aussteigen oder mit mir im Bus zurückfahren und es morgen noch einmal versuchen. Mir ist das gleich.«

Anna musste schnell nachdenken. »Ich rede mit meiner Mutter«, sagte sie.

Der Busfahrer zuckte mit den Schultern, legte die Arme um das Steuerrad und starrte aus dem Fenster. Rasch stellte Anna die Worte des Busfahrers ein wenig um und gab sie an ihre Mutter weiter. Sie konnte nicht zulassen, dass sie jetzt umkehrten.

»Er sagt, wir müssen hier aussteigen«, übermittelte sie.

Die Augen ihrer Mutter weiteten sich. »Hier?«, fragte sie zurück. »Wo sind wir?«

»Fast bei Oma«, erklärte Anna, »aber der Bus

schafft es nicht über den Berg. Heute Abend übernachten wir hier irgendwo und morgen nehmen wir den nächsten Bus.«

»Wo?«, fragte ihre Mutter.

Anna sah ihrer Mutter in die Augen und machte ein besonders ehrliches Gesicht. »Der Busfahrer hat gesagt, er hilft uns.«

Es war keine richtige Lüge. Sie sagte ihrer Mutter ja nur, was der Busfahrer antworten würde, sobald sie ihn um seine Hilfe gebeten hätte.

Dann lief sie nach vorne zum Busfahrer, baute sich vor ihm auf und berichtete ihm von dem Gespräch mit ihrer Mutter, das in Wirklichkeit etwas anders abgelaufen war. »Meine Mutter sagt, wir bleiben hier, und sie hätte gerne, dass Sie eine Übernachtungsmöglichkeit für uns finden.«

Der Fahrer rutschte genervt auf seinem Sitz herum. Für wen hielten sie ihn denn!

»Also«, sagte er widerborstig, »ich schätze nicht, dass ich weiß, wo das sein sollte. Die Stadt sieht wohl ziemlich zu aus, und ich bin kein Fremdenführer.«

»Wir bleiben hier. Das hat meine Mutter gesagt.«

Der Fahrer warf die Hände nach oben. »Ich hole euer Gepäck raus.«

Anna stieg aus dem Bus, mitten ins Schneegestöber hinein. Nirgends brannte Licht, bis auf ein Feuer in einer Mülltonne auf der anderen Straßenseite, vor einem Weihnachtsbaumstand. Langsam begann sie den Mut zu verlieren. Gegen ihren Willen füllten sich ihre Augen mit Tränen. Auf keinen Fall wollte sie jetzt alles damit kaputtmachen, dass sie anfing zu heulen, aber es war eiskalt und in ein paar Minuten würden sie und ihre Mutter im Schnee stehen ohne einen Ort, an den sie gehen konnten.

»Also gut«, sagte der Busfahrer und ließ den Koffer vor Annas Füße plumpsen. »Was habt ihr jetzt vor?«

Aus Annas Kehle brach ein tiefer Schluchzer. »Ich weiß es nicht. Hören Sie, wir können nicht *zurück*, es gibt keinen Ort, an den wir zurückgehen können. Wir haben nur einen Ort, wo wir *hin*gehen können.«

Jetzt strömten ihr die Tränen übers Gesicht.

Der Busfahrer war bestürzt. »Schau mal, Kleine«, versuchte er sich herauszuwinden, »ich hab euch die Suppe nicht eingebrockt, und ich habe auch keine Ahnung, wie ich sie für euch auslöffeln könnte.«

In diesem Moment sah er, wie ein Mann aus dem Zelt auf der anderen Straßenseite kam und einen Eimer Asche in den Schnee ausleerte. Vielleicht wusste der ja, ob hier noch irgendetwas offen war.

»Komm mit«, sagte der Fahrer zu Anna, die immer noch weinte, »ich habe nicht den ganzen Tag Zeit.« Dann rief er zu Giovanni hinüber: »Hallooo.«

Als sich Giovanni umdrehte, sah er einen Mann über die Straße auf sich zukommen, der ein kleines Mädchen und einen großen Koffer hinter sich herzog.

»Wir haben hier ein kleines Problem«, sagte der Busfahrer und stellte den Koffer vor dem Zelt ab. »Mein Bus schafft es nicht über den Berg, wo dieses Kind und seine Mutter hinmüssen. Wissen Sie, wo die beiden hier übernachten können?«

Giovanni schüttelte den Kopf. »In Ryland Falls hat nichts auf. Wir haben seit drei Tagen keinen Strom und alles ist zu. Am besten bringen Sie sie dahin zurück, wo sie hergekommen sind.«

»Meine Mutter sagt, wir können nicht zurück«, sagte Anna leise. »Wir müssen weiter.«

Der Busfahrer war kurz vor der Verzweiflung. Wenn er nicht bald mit dem Bus zurückfuhr, säße auch er in Ryland Falls fest. Er warf einen Blick durch den Spalt in der Plane ins Innere des Zelts und sah dort ein Feldbett, eine Laterne und einen Holzofen stehen.

»Hören Sie«, sagte er zu Giovanni, »ich weiß, das ist vielleicht ein bisschen ungewöhnlich, aber Sie haben hier eine ordentliche Bleibe. Ich meine, es ist ein bisschen rustikal, aber Sie haben alles, was man braucht. Wäre es nicht eine Möglichkeit, dass die beiden hier bei Ihnen unterkommen – nur für eine Nacht?«

Giovanni machte ein entgeistertes Gesicht. Die Vorstellung, ein kleines Mädchen und seine Mutter hier zu haben, war undenkbar. »O nein, das ist wirklich kein Ort für sie.«

Anna wühlte in ihrer Jackentasche und zog ihre verkrumpelten Geldscheine hervor. »Wir können auch dafür bezahlen«, sagte sie und streckte ihm das Geld entgegen.

Giovanni schüttelte den Kopf. »O nein, dafür kann ich kein Geld nehmen.«

Der Busfahrer ergriff die Gelegenheit beim Schopf. »Heißt das, dass sie bei Ihnen bleiben können?«

Giovanni sah Anna an. An der Art, wie sie ihr Kinn hochhielt, konnte er sehen, dass sie versuchte, die Tränen zurückzuhalten, die ihr über die Wangen kullern wollten. Sie machte den gleichen wackeligen Eindruck wie Max an dem Tag, als er ihn auf der Müllhalde gefunden hatte.

»Warm genug wäre es«, sagte er, »aber…«

Anna wartete erst gar nicht, dass er noch mehr sagte. Sie drehte sich um und rannte zurück zum Bus, um ihre Mutter zu holen.

»Danke, Mister«, sagte der Busfahrer. »Fröhliche Weihnachten.«

Giovanni nahm den Koffer. Nichts war diese Weihnachten so gelaufen, wie er wollte. »Ach, Max«, sagte er, »jetzt haben wir wohl Gäste.«

Und kaum hatte er den Koffer auf dem Feldbett abgesetzt, standen sie auch schon in der Tür – ein kleines, dunkeläugiges Mädchen, das seine Mutter an der Hand hielt, als wäre sie das Kind.

»Kommt rein«, sagte er. Aber Anna und ihre Mutter bewegten sich nicht.

Anna starrte Max an. »Beißt er?«

Giovanni bückte sich und hielt Max am Halsband fest. »Du brauchst keine Angst vor ihm haben. Er ist ein lieber Hund.«

Langsam, ohne den Blick von Max abzuwenden, schob sich Anna an ihm vorbei ins Zelt und setzte sich mit ihrer Mutter auf das Bett. »Ich fürchte mich vor Hunden.«

Giovanni lächelte. »Vor Max wirst du dich nicht sehr lange fürchten.«

Dann griff Annas Mutter in ihre Handtasche und holte einen Block und einen Bleistift hervor. Hastig schrieb sie etwas auf, riss das Blatt ab und reichte es Giovanni.

»Meine Mutter ist taub«, erklärte Anna. »Auf diese Weise redet sie mit den Leuten.«

Annas Mutter sah ihn erwartungsvoll an und lächelte.

»Machen Sie schon, lesen Sie es«, sagte Anna. »Dann können Sie ihr zurückschreiben.«

Aber Giovanni gab Anna das Blatt zurück, ohne sie anzusehen. »Ich bin nicht so gut im Lesen. Oder Schreiben.«

Anna betrachtete Giovanni jetzt wie ein interessantes, aber nicht allzu schwieriges Puzzle. »Macht nichts, Sie haben ja Hände.« Sie hielt ihre eigenen Hände hoch. »So verständige ich mich auch mit ihr, mit meinen Händen. Ich zeige es Ihnen.«

Es war ein fairer Handel. Während Giovanni zum Abendessen Pfannkuchen, Bratäpfel und Kaffee machte, erzählte er Anna von Max und wie er ihn auf der Müllhalde gefunden hatte, als er noch ein Welpe war, und Anna verlor ein wenig von ihrer Angst. Anna zeigte Giovanni, wie man verschiedene Wörter mit den Fingern bildet, und Giovanni verlor ein wenig von seiner Schüchternheit.

Später lagen Anna und ihre Mutter wie Löffel im Feldbett, unter einem Berg von Decken. Max nahm seinen Posten neben dem Bett ein. Anna beobachtete ihn ein paar Minuten, dann sammelte sie ihren Mut zusammen, streckte den Arm unter den Decken heraus und strich ihm vorsichtig mit den Fingerspitzen über den Kopf.

»Was für ein Hund ist Max?«

»Zum großen Teil ist er ein Retriever«, sagte Giovanni.

»Und was heißt das?«

»Retriever sind Apportierhunde. Das heißt, sie heben Dinge auf, Vögel zum Beispiel, ganz sanft, ohne dass etwas kaputtgeht, und tragen sie im Maul zu dir.«

Max leckte Annas Hand ab.

»Sieht aus, als ob du einen neuen Freund hast«, sagte Giovanni.

»Passt er auf Sie auf, wenn Sie schlafen?« Anna hatte noch nie an einem so seltsamen, ungeschützten Ort übernachtet.

»Das tut er. Und auf euch passt er auch auf.«

Bald waren Anna und ihre Mutter eingeschlafen, während Giovanni im Sitzen auf seinem Stuhl am Holzofen döste. Draußen im Schneegestöber glomm das Zelt in der Dunkelheit wie eine Laterne.

Irgendwann in der Nacht, nachdem jeder Bewohner von Ryland Falls eingeschlafen war, löste sich die letzte Schneeflocke vom Himmel.

XII Am Morgen des ersten Weihnachtsfeiertags erwachte Ryland Falls unter einem strahlend blauen Himmel. Blau wie der Mantel der heiligen Maria, dachte Reverend Williams, der das Krippenspiel abgeblasen hatte und jetzt erfolglos unter dem Schnee nach der eingedrückten Sperrholzkrippe suchte. Doch der Schnee hatte alle vertrauten Wegweiser vollkommen ausgelöscht, so dass es schwierig war, irgendetwas wieder zu finden.

Reverend Williams stocherte mit dem Griff seines Spatens im Schnee herum. Schöne Weihnachten!, dachte er. Ohne Strom für die Orgel und ohne Heizung für die Kirche würde keine Messe stattfinden können. Er stieß auf etwas Hartes und begann zu graben. Es war das Schild vor der Kirche, das den Titel der heutigen Predigt anzeigte: »Herbei, o ihr Gläubigen!« Aber nicht ohne Zentralheizung, dachte Reverend Williams.

Es war das erste Mal in der Geschichte von Ryland Falls, dass Weihnachten unter solchen Notstandsbedingungen gefeiert wurde, oder besser, nicht gefeiert wurde. Es gab immer noch keinen Strom. Es gab immer noch kein Telefon. Und die Räumfahrzeuge waren so überlastet, dass nur eine einzige Straße von einem Ende bis zum anderen frei war, die Hauptstraße. Alle anderen Straßen wirkten zwischen den hoch aufgetürmten Schneewehen wie Skiloipen. Das Erste, was die Bewohner an diesem Weihnachtsmorgen taten, war nach den Schaufeln zu greifen und sich zueinander durchzugraben.

Den ganzen Tag hörte man in Ryland Falls das Stampfen von Stiefeln auf frisch freigeschaufelten Veranden und die Stimmen der Nachbarn, die sich von Haus zu Haus etwas zuriefen. Endlich wieder über die Straße sehen zu können, anstatt ins Schneegestöber hineinzublinzeln, war ungefähr so, wie wenn man nach einem Schiffbruch auf hoher See plötzlich Land erblickte.

Frances Nickerson war seit ihrer Pensionierungsparty nicht mehr so aufgeregt gewesen. Sobald sie einen Pfad zum Bürgersteig freigelegt hatte – nicht dass man den Bürgersteig hätte sehen können –, stellte sie draußen einen Klapptisch auf, legte eine geblümte Tischdecke darauf und hielt Tassen und Plätzchen und eine Thermosflasche mit heißem Tee bereit für jeden, der Lust hatte, sich zu ihr zu gesellen.

»Ein Kaffeekränzchen im Schnee!«, rief Mirandas Mutter, die schon immer vermutet hatte, dass Frances Nickerson ein wenig seltsam war. Aber jetzt wusste sie es sicher.

»Das ist doch eine tolle Idee«, sagte Miranda.

»Warum gräbst du dir nicht einen Weg über die Straße und trinkst eine Tasse Tee mit ihr?«, schlug Mirandas Großmutter vor. »Ich finde, wir sollten sie unbedingt unterstützen.«

Auch andere Leute begannen aus ihren Häusern zu kriechen und auf ihre Nachbarn zuzugehen, als hätten sie sie nie zuvor so bewusst – oder so beglückt – gesehen. Wie entspannt und sorglos alle schienen, wie gerade ihre Haltung war und wie offen ihre Gesichter.

Nachbarn, die seit vielen Jahren keine Zeit fanden, vorbeizukommen und miteinander zu reden, hatten plötzlich alle Zeit der Welt. Und auf einmal war es nicht nur Frances Nickerson, die Dinge bemerkte, sondern viele Erwachsene und auch Kinder waren aufmerksamer geworden. Die Zeit, die sie eingesperrt gewesen waren, schien ihnen die Sinne geschärft zu haben.

Sie bemerkten, dass die von Eis überzogenen Äste gegeneinander klackten wie Kastagnetten, dass der Schnee im Schatten milchig blau war und dass die Eiszapfen, die von den Regenrinnen hingen, das Licht auffingen. Alles, vom leisen Scharren einer Schaufel bis zum Schattenriss eines Baums auf einer Garagentür, schien außerordentlich bemerkenswert. Und noch etwas bemerkten sie. Die Neigung, über Nichtigkeiten zu schwatzen, schien verflogen zu sein. Alle in Ryland Falls waren plötzlich ruhiger, als hätte der Schnee den ganzen Lärm aus der Luft gezogen und unter sich begraben. Und wenn sie sprachen, schienen die Worte tief aus ihrem Innern zu kommen.

Eine Sache aber, die niemand bemerkte, bis Mirandas Großmutter von ihrem Nachmittagsschläfchen aufwachte, war, dass Pascha verschwunden war.

Er lag nicht wie sonst an seinem gewohnten Schlafplatz zusammengerollt am Fußende des Bettes. Er saß nicht unten in der Frühstücksecke oder im Wohnzimmer auf dem Sofa. Alle seine Lieblingsplätze waren leer.

»Pascha? Pascha?« Mit jedem Mal, das Mirandas Großmutter seinen Namen rief, wurde ihre Stimme ein bisschen zittriger. »Ich verstehe das nicht. Pascha hasst Schnee. Er würde niemals freiwillig das Haus verlassen.«

Dann erinnerte sie sich daran, was sie aus ihrem Schläfchen aufgeweckt hatte – der Hund der Bridgemans hatte gebellt. Die Haustür musste offen gestanden haben. Er hatte Pascha hinausgejagt.

»Ich gehe raus und suche ihn, Omi«, sagte Miranda. »Ich habe gute Augen.«

Den ganzen Nachmittag stapfte Miranda durch die Nachbarschaft – die Straßen hoch und runter, in die Gärten hinein, sie sah unter Feuerholzstapeln nach und in die Bäume hinauf. Doch nirgends zeigte sich das rote Fellknäuel, das so sehnsüchtig vermisst wurde. Als die Sonne unterging, kam Miranda nach Hause zurück.

Ihre Großmutter wartete an der Haustür. Als sie sah, dass Miranda mit leeren Händen kam, sank sie in den Sessel und vergrub das Gesicht in den Händen.

»Es tut mir Leid, Omi«, sagte Miranda.

»Du kannst ja nichts dafür. Pascha war viel zu lange eingesperrt. Aber wenn er heute Nacht nicht heimkommt …« Sie beendete den Satz nicht.

An diesem Abend saßen die Bridgemans niedergeschlagen am Küchentisch beim Abendessen – Hühnersuppe aus der Packung, Gumbo-Eintopf aus der Dose und grüner Wackelpudding mit Marshmallows, die so hart waren wie alter Käse. Niemand beschwerte sich. Alle dachten nur an Pascha.

Miranda sah aus dem Fenster. Ohne Straßenbeleuchtung sah man kaum über den Bürgersteig hinaus. Doch mit einer Taschenlampe könnte sie einen Lichtkreis auf den Schnee werfen.

»Omi«, sagte sie, »ich könnte mit der Taschenlampe rausgehen und Pascha suchen.«

»Nein!«, sagte ihre Mutter entschlossen. »Du bleibst drin!«

»Nicht heute Nacht«, setzte ihr Vater hinzu. »Es wird unter null Grad.«

»Ich kann mir nicht um Pascha *und* um dich Sorgen machen«, sagte ihre Großmutter.

Die Vorstellung, dass Pascha in der Dunkelheit zum Eiswürfel gefrieren würde, war fürchterlich. Aber Miranda wollte in der Dunkelheit auch nicht selbst zum Eiswürfel gefrieren. Als ihr verboten wurde, nochmals hinauszugehen, war sie insgeheim erleichtert.

In dieser Nacht nahm sie die Taschenlampe mit nach oben, legte sich ins Bett und baute aus ihren Decken eine warme Höhle, in der sie in ihr Tagebuch schreiben konnte. Sie hatte eben die Kappe von ihrem Stift genommen und geschrieben: »Weihnachtsnacht – sehr kalt«, als sie ein Geräusch hörte.

Es war leise und gedämpft und sie konnte nicht genau ausmachen, was es war. Miranda schlüpfte aus dem Bett, schlich auf Zehenspitzen über den Flur und folgte dem Geräusch bis zur Schlafzimmertür ihrer Großmutter. Mit nackten Füßen und zitternd spitzte sie die Ohren. Es war ihre Großmutter, die in ihr Kissen weinte, damit niemand es hörte. Und es war das traurigste Geräusch, das Miranda je gehört hatte.

Sie schlich auf Zehenspitzen wieder in ihr Zimmer zurück und dachte nach. Dann zog sie lange Unterhosen und zwei Paar Wollsocken über. Darüber zog sie drei Pullover und eine Schneehose. Dann watschelte sie die Treppe hinunter, kroch in ihren Anorak, zog Stiefel und Handschuhe an und öffnete leise die Hintertür.

Sie zog leise die Tür hinter sich zu, damit niemand aufwachte, und als das Schloss klickte, wurden ihr mit einem Mal zwei furchtbare Tatsachen bewusst. Sie hatte die Taschenlampe in ihrem Zimmer vergessen und sie hatte sich ausgesperrt.

Als sie so zwischen der verschlossenen Tür und der Dunkelheit stand, war Miranda entsetzt darüber, was sie getan hatte. Aber das Wimmern ihrer Großmutter war ihr ans Herz gegangen. Und so machte sie sich auf den Weg in die Dunkelheit.

XIII

Will Campbell drehte den Docht seiner Laterne hoch und hielt sie sich über den Kopf. Bis morgen Abend musste alles, was sich in seiner Wohnung befand, in einer Kiste oder einem Koffer verpackt sein. Er sah sich um. In diesem Zimmer waren seine guten Vorsätze gescheitert – die ganzen Skizzen, die Gemälde hätten werden sollen, die ganzen Gemälde, die er nicht vollendet hatte. Auf dem Tisch lag ein Stapel mit Weihnachtskarten von seinen Schülern. Er konnte sich nicht dazu durchringen, sie zu öffnen, nicht bevor er ein neues Zuhause gefunden hätte und der Schmerz, Ryland Falls zu verlassen, nicht mehr so groß wäre. Er setzte die Laterne ab und machte sich an die Arbeit.

Draußen schleifte Giovanni all seine unverkauften Weihnachtsbäume in die Mitte des Grundstücks, um mit ihnen ein großes Feuer zu entfachen. Er würde morgen abfahren, sobald die Straße über den Mount Rag frei war. Jeder Baum, den er auf den Haufen warf, steigerte seinen Missmut. Er hatte nicht einmal die Hälfte seiner Ware an den Mann gebracht und der Schnee hatte die übrig gebliebenen Bäume so aufgeweicht, dass er auch noch sein restliches Kerosin hernehmen musste, damit sie überhaupt brannten.

Er zog den Kopf ein, um ins Zelt zu schlüpfen, und sagte zu Anna: »Ich mache ein Lagerfeuer. Du und deine Mutter, ihr könnt zuschauen.« Dann band er die Zelttür außen fest und schob den großen Holzstuhl an den Eingang, wo Anna auf dem Schoß ihrer Mutter sitzen konnte und sie beide etwas sahen. Schließlich wickelte er Mutter und Tochter in eine dicke Wolldecke, damit sie es schön warm hatten.

Giovanni ging um den Berg mit den Bäumen herum und träufelte vorsichtig Kerosin auf die unteren Stämme. Dann ging er noch einmal herum und schüttete noch ein wenig mehr Kerosin auf die feuchten Äste etwas höher, damit sie auch sicher in Flammen aufgingen. Ein Lagerfeuer aus alten Weihnachtsbäumen war nicht unbedingt eine große Sache, aber er könnte wenigstens dafür sorgen, dass es das beste Lagerfeuer würde, das Anna je gesehen hatte. Also leerte er nach und nach die ganze Kerosinflasche aus.

Plötzlich tauchte Max an Giovannis Seite auf. In seinem Maul trug er anscheinend irgendein Tier. Seitdem es aufgehört hatte zu schneien, war Max damit beschäftigt gewesen, die Gegend auszukundschaften, und er hatte dabei seinem Retriever-Instinkt freien Lauf gelassen.

»Was hast du denn da?«, fragte Giovanni.

Stolz legte Max seinem Herrchen den Fund zu Füßen. Giovanni bückte sich, um nachzusehen, worum es sich handelte. Er war nicht sicher, ob es tot war oder noch lebte, aber als er das kleine, kraftlose Bündel aufhob und in seinen Pranken wiegte, öffnete das völlig durchgeweichte Ding die Augen und miaute.

»Schaut euch das an«, sagte Giovanni und brachte die Katze zu Anna und ihrer Mutter, »Max hat einen echten Schatz gefunden.«

»Was ist es denn?«, fragte Anna aufgeregt.

»Ein halb erfrorenes, klitschnasses Kätzchen.«

Anna streckte die Arme aus. »Lass mich es halten«, bettelte sie. Sachte setzte Giovanni ihr das Tier auf den Schoß. Anna knöpfte sich die Jacke auf, setzte Pascha hinein – denn natürlich handelte es sich um niemand anderen –, und knöpfte die Jacke wieder zu, so dass er gerade genug Platz hatte, unter Annas Kinn herauszuschauen.

»Es schnurrt!«, verkündete sie feierlich.

»Behalt es nur genau da, wo du es hast«, sagte Giovanni. »Zwischen dir und dem Feuer müsste ihm bald wieder warm werden.« Er holte Streichhölzer hervor, bückte sich und zündete die Bäume an.

Langsam, beharrlich breiteten sich die Flammen aus und verwandelten den Stapel Bäume in einen goldenen Lichtkegel in der Dunkelheit. Giovanni stellte sich hinter Anna und ihre Mutter, um zuzusehen wie das Feuer knackte und zischte und süßen Harzduft in der Luft verströmte. Anna und ihre Mutter konnten den Blick nicht abwenden, sie waren wie hypnotisiert.

Will Campbell bemerkte, wie an den Wänden seiner Wohnung auf einmal Lichter aufflackerten. Vielleicht, dachte er, gibt es wieder Strom. Er hielt beim Packen inne und ging zum Fenster, um nachzusehen, wo die Helligkeit herkam. Und dort, genau vor seiner Nase, war mehr Erleuchtung, als er seit langer Zeit gesehen hatte.

Das Lagerfeuer warf einen großen goldenen Kreis auf den Schnee, malte starke Kontraste, hell und dunkel, auf die Schultern der Frau und ließ die Wangen des kleinen Mädchens auf ihrem Schoß erstrahlen. Weiches Glühen füllte den Hintergrund um Giovanni, der im Zelteingang stand. Und überall um sie herum tanzten Licht und Dunkelheit miteinander.

Will öffnete das Fenster, um mehr zu sehen. Eine Katze kuschelte in der Jacke des Mädchens. Giovannis Hund saß neben ihm und sah an ihm hoch. Die Mutter hatte das Kinn auf den Kopf des Mädchens gelegt und starrte verträumt in die Flammen. Ohne die Augen von der Szene abzuwenden, kramte Will auf seinem Schreibtisch nach Skizzenblock und Kohlestift.

Er zog einen Stuhl zum offenen Fenster, legte den Block auf die Fensterbank und begann zu zeichnen, so schnell er konnte.

*

Miranda sah das Licht am Himmel, als sie angsterfüllt durch die Dunkelheit marschierte. Sie wusste nicht, wo das Licht herkam, nur dass es warm aussah, und sie dachte, vielleicht hatte es Pascha auch gesehen. Also lief sie in die Richtung, rutschte und schlitterte durch das Dunkel, mit klappernden Zähnen und klopfendem Herzen. »Bitte, lieber Gott«, betete sie, »lass mich und Pascha nicht erfrieren.«

Neddie Crimmins und sein Vater zogen gerade ihre Stiefel und Anoraks an. Die öffentliche Schlittenpartie auf dem Friedhofshügel war zwar mit allem anderen abgeblasen worden, aber Neddie und sein Vater machten sich trotzdem auf den Weg.

»Na, mein Junge, dein Alter Herr dachte eigentlich, dass er heute Abend Mangos am Strand isst. Aber da sieht man, dass man nicht allzu lange im Voraus planen sollte.«

»Und ich dachte, ich müsste in einem Hotelzimmer mit einem Babysitter fernsehen«, sagte Neddie.

Edward Crimmins lachte und schob seine Brille zurecht. »Jetzt nicht mehr. Los geht's. Wir haben Jahre von Schlittenfahrten aufzuholen.«

Als sie auf der Spitze des Friedhofshügels angelangt waren, sah Neddie von der Hauptstraße her ein strahlendes Licht. »Sieh mal, Papa. Was ist das wohl?«

Edward Crimmins versuchte etwas zu erkennen, dann schüttelte er den Kopf. »Ich weiß es nicht, aber es sieht aus, als sollten wir der Sache auf den Grund gehen. Wir fahren mit dem Schlitten runter und sehen nach.«

So passierte es, dass Miranda Bridgeman und Neddie und Edward Crimmins auf Giovannis Lagerfeuer zusteuerten. Und dort angekommen, stellten sie fest, dass auch eine Menge anderer Leute aus Ryland Falls dasselbe Licht gesehen hatten.

Reverend Williams wollte gerade seinen Schlafanzug anziehen, als er durch das Schlafzimmerfenster das Leuchten sah, und er beschloss, sich wieder anzuziehen und mal nachsehen zu gehen. Mrs. Williams begleitete ihn.

Auch Tommy Elwood hatte nachforschen wollen, was da los war. Und genauso Frances Nickerson und die grantige Diane, die dachte, vielleicht brennt es in Elwoods Laden, und das wäre ja wohl noch der Gipfel nach einem Weihnachten wie diesem!

»Oh«, rief Miranda Bridgeman, als sie zum Feuer kam und Paschas kleinen roten Kopf sah, der aus Annas Jacke hervorlugte. Tränen liefen ihr übers Gesicht, als sie dort stand und daran dachte, dass sie nicht wirklich daran geglaubt hatte, Pascha zu finden, und wie sehr sie Pascha liebte und ihre Großmutter, und wie sie sich darauf freute, heimzukommen und über diesen Abend zu schreiben.

Will Campbell fing die Tränen mit seinem Bleistift ein und zeichnete weiter.

Edward Crimmins stand neben Neddie und sagte leise: »Das ist mal ein Lagerfeuer, ich bin platt.«

Neddie hatte in seinem ganzen Leben noch nie etwas so Schönes gesehen. Er sah zu seinem

Vater hoch und flüsterte: »Ist es nicht wundervoll?«

Mit ein paar Linien fing Will die Kurve von Edward Crimmins' Arm um Neddies Schultern ein. Dann behielt er den Bleistift noch einen Augenblick auf der Stelle, um das Licht der Begeisterung in Neddie Crimmins' Augen festzuhalten.

Das ist wirklich höchst denkwürdig, dachte Frances Nickerson. So viele Menschen und so wenig Geschwätz. Na ja, vielleicht ist es ein Fortschritt. Oder vielleicht ist es einfach zu kalt zum Schwatzen. Sie bemerkte, dass über Elwoods Laden ein Fenster offen stand. Will Campbell, dachte sie. Hier lebt er also. Ach, na ja, er ist Künstler, und Künstler sind immer ein wenig zerstreut.

Frances Nickerson nahm sich vor, morgen hier vorbeizugehen. Wenn das Fenster dann immer noch offen stand, würde sie es für ihn schließen.